Nasci sem um caminho de volta

Nasci sem um caminho de volta
RAIMUNDO NETO

© Moinhos, 2021.
© Raimundo Neto, 2021.

Edição: Camila Araujo & Nathan Matos
Assistente Editorial: Vitória Soares
Revisão: Ana Kércia Falconeri
Capa: Sergio Ricardo
Imagem da capa: Raimundo Neto
Diagramação: Luís Otávio Ferreira

Nesta edição, respeitou-se o Novo Acordo Ortográfico da Língua Portuguesa.
Dados Internacionais de Catalogação na Publicação (CIP) de acordo com ISBD
R153n
Raimundo Neto
Nasci sem um caminho de volta / Raimundo Neto.
Belo Horizonte : Moinhos, 2021.
208 p. ; 14cm x 21cm.
ISBN: 978-65-5681-096-6
1. Literatura brasileira. 2. Romance. I. Título.
2021-1175   CDD 869.89923   CDU 821.134.3(81)-31
Elaborado por Vagner Rodolfo da Silva - CRB-8/9410

Todos os direitos desta edição reservados à Editora Moinhos
www.editoramoinhos.com.br
contato@editoramoinhos.com.br
Facebook.com/EditoraMoinhos
Twitter.com/EditoraMoinhos
Instagram.com/EditoraMoinhos

Para Crispim

"Desconheço o depois da minha despedida. Não se caminha sobre a sombra do entardecer. Esquecer é desexistir, é não ter havido."
Bartolomeu Campos de Queirós

"Mamãe, não chore
A vida é assim mesmo
Eu fui embora
Eu nunca mais vou voltar por aí
Eu quero mesmo
É isso aqui"
Torquato Neto

Quando a casa nasceu em nós, já éramos o fim.

A casa principiou sua herança nas profundezas. Veio da vontade abismada dos pais da Avó, a minha, habitante cansada de um livramento abençoado: ou casa e marido, ou a vida vai se desgastar até a ruína do sonho possível para uma mulher como a filha, a mãe, a minha. E os avós da Avó fundaram alicerces profundos e generosos capazes de sustentar o futuro das filhas da mulher. Não havia lugar para a morada, era apenas desejo e caos.

O Avô, o meu, casou-se com a Avó, a minha, e começou a casa pelo teto. Primeiro veio o pavor de o céu desabar e entrar, pela cabeça, no espaço das filhas que viriam a nascer. Ele imaginou primeiro um buraco, depois um ninho, um açude, uma barragem, chuva, muita chuva, e uma vastidão descampada ressecada pela fome quase finda dos bois e suas vacas. Passou-lhe pela cabeça um riacho e o cheiro de peixe catando ar na superfície e encontrando nado de grito de menino escapando de casa. O Avô procurou depois o mar nas terras verdes da lembrança, e os sonhos gritavam-lhe de longe que aquilo era mentira. Imaginou buraco, ninho, açude, barragem, riacho, chuva, mar, mas era casa, um lugar imaginado para se defender do céu. Depois aconteceram as paredes, ripas, taipas magrelas, areia a espumar água e barro, e um pouco de cimento emprestado.

Ele não sabia quantos filhos nasceriam do corpo amuado da esposa. Não era mãe ainda, ela. Carregava raiz das vontades das mães antes de si, os ecos dos pedidos das mulheres arranhando as unhas nas paredes escuras de suas profundezas de anseios, prestes a ser habitada por sabia-se lá quantas moradoras. Então ele aumentou a largura e o comprimento das paredes, abriu mais cômodos no espaço, no corpo da esposa. O primeiro quarto da primeira filha também receberia a segunda e a terceira. Mais trabalho para o Avô, o meu, aquele marido, esticar os corredores, costurar recintos estreitos de quarto, sala, cozinha e quintal, tudo único, o espaço final que abraçaria a única rua da cidade.

As portas sem chave, pernas abertas da esposa declarando o tamanho de todos os cômodos. Depois o Avô, quando o gemido e o grito e o esperneio faminto das filhas arrebentou o silêncio dos espaços, resolveu pelo chão da casa. A terra fervida de todos os dias teve a bocarra calada com camadas de barro molhado e pisado. Era só respingar qualquer gota, e a terra suspirava aliviada, assim como os pés das filhas, os joelhos imundos da filha mais velha arrastando-se pelo chão moído da casa. Quando os pés das filhas do pai, o Avô, o meu, enraizaram na terra quase impenetrável do pisar da casa, já existia teto na cabeça dos seus sonhos. Até ali era sol catando cada tracinho da penumbra solta da pele das filhas, e chuva difícil que caía breve e esquecida, lavando o corpo castanho das meninas, impregnadas de cascas de barro, prestes a darem broto na umidade das entranhas, cicatrizes no corpo da mãe, abertas anteriores ao lugar inventado que o homem cuidava de erguer.

E assim o teto pôs-se a proteger as mulheres da casa da valentia do céu. O Avô, em seu primeiro ato de descanso, lavou a casa toda com um choro alagado, secou a dureza da casa que mal havia começado abrigo e nunca pareceu estiagem. A terra fechada sob nossos pés sugou o choro do homem, o Avô. Naquele último dia, a Avó, a esposa, a sua, pariu um menino, o único homem, irmão da Mãe e Tias, as minhas. Doze horas e três mulheres depois de nascido, o filho morreu, o Tio, o único homem. Foi ali que a primeira falta ocupou a fundação do lar, a fratura inicial, o vazamento discreto ininterrupto que amoleceu até certo tempo o piso, as paredes, o teto.

Os tijolos queimados marcavam a defesa da casa, os gritos das filhas dobravam os corredores em labirintos, e o cimento quebrava depois de seco; o choro da mãe, a Avó, vazando pelas brechas da fundação, e as telhas faltantes permitiam que o sol importunasse a crueldade da tristeza, os pratos limpos de tempo avesso, nem tão vazios, e chovia, e os raios armados em sorrisos macabros faziam tremer a sua tristeza latejada, que se arrastava pela terra pisada e mordia a tranquilidade apavorada da casa com seu pesar, e enchia as brechas da morada com a falta do filho, o morto, o único; e as filhas, as suas, Mãe e Tias trancadas no quarto sem chaves, escondidas na escuridão alucinada dos buracos da mãe.

As paredes abriam-se em pele, cobrindo as dores cortadas nos crescimentos dos ossos. Os estalos assobiados confundidos com alegrias e gritos abraçados ao passado, vozes afiadas e ecos feridos de todas as mães antes das nossas. O piso de terra batida, rachando tristeza a cada passo apressado e infeliz; o ir e vir do tempo rastejando na sola grossa e encardida dos pés. As unhas engolindo o pó da terra que nos enche, os dedos robustos presos a tantas dores repetidas que chegam cansadas à porta, sem fechaduras; não há chave, qualquer pessoa e tempo invadem o lar e cantam partida antes de dizer que é preciso amar e comer.

E o teto abraçava-se ao nosso medo e pedia perdão ao céu que anunciava queda e catástrofe, denso e vibrante, aqui e acolá, mas muito longe nos dias corridos do ano, tudo fosse deus, estrela, nervura do universo todo, caía, como grito da chuva, escorrido, e lavava as feridas do teto, paredes e chão, onde nascia o fundo do rio do menino que era filho e neto, a sobrevivência e o sacrifício, o corpo cavado das faltas de todas as mães nascidas nas entranhas da casa, alagado num tempo e deserto no outro. Foi onde o menino aprendeu a afundar e crescer.

Se você deixar eu meter em você, te dou um beijo de língua funda. E beijou com boca oca, imensa, engolindo a vastidão das minhas confusões. As mãos dele dotadas de trinta anos, todos os meus segredos acumulados estancados envelhecendo, cansados, guardados no esconderijo dos meus onze anos. A noite chiava brisa e latido de cachorro. No quintal da casa dos Avós, os meus, tudo quieto.

Ao entrar, o menino mais velho resolveu arrombar a porta, jogando a chave fora, e expôs o escuro dos cômodos bagunçados, tudo fora de ordem. Ele não pediu licença para entrar. Ficou lá, dentro, remexendo tudo, gemidos agonizados de um bicho que quer escapar e tem alguma fome, que quer ser livre e tem medo, que quer morrer e só sabe matar. O medo nascido nele apropriava-se da escuridão dos meus cômodos destruídos. *E se eu quiser morar aqui?* foi o que ele disse com os dedos rijos fustigando as minhas fechaduras. E se ele não quiser mais ir embora?

Ele morando e pronto para escapar, inteiro dentro. As mãos dele eram as minhas; eu enxergava pelos seus olhos. Duas camadas de pele grossa, suadas pelo calor abafado da noite. O menino mais velho que não conheço muito bem veio morar aqui dentro, bravo e cheio de si. Lambia os móveis capengas que inventei, cuspia no assoalho das dores. Talvez ele tivesse acabado de chegar, há duas horas, mas doía tanto um ano. Quanto tempo tem uma vida que termina? Meu corpo marcava onze anos e um menino mais velho de trinta anos tinha resolvido morar dentro de mim. E outro menino mais velho de vinte anos. E um menino mais velho de dezesseis. Tantos anos mais velhos que minha infância ensinou meu corpo a amadurecer a dor e gritar sem dizer *chega para não quero.*

Eles tinham nojo quando se encostavam às paredes da minha fundação. É apertadinho, eles gemiam. E riam. E enfiavam a mão na minha boca, e o pé na porta, e a entrada da minha consciência escancarada para quem quisesse ver. Ninguém via.

Não chorei. Fiquei quieto em mim, encontrei um cantinho sacrificado, pó e infância, outra infância, uma mais limpa, onde as lembranças da Mãe mantinham-se cuidadas, onde os Avós eram café e passeio em horas largas sem fim. Ali, no canto, restou um pedaço de mim que jamais seria ocupado. Se os meninos mais velhos resolvessem morar dentro de mim, eu seria outro homem?

Eles avançavam sobre o que eu guardava, comida, bondade, certeza e confiança, arrastando os pés pesados, ciscando a sujeira acumulada nas beiradas do meu corpo.

Ao terminar a visita, eles cuspiram e jogaram minha carcaça esvaziada no chão, limparam os pés no pano de chão imundo, corpo e esperança, e saíram. Antes de seguir, sem olhar para trás, um deles atirou algumas palavras afiadas na escuridão que começava a impregnar os vazios abertos da casa de paredes fendidas, portas abertas, teto capenga: *Se você contar pra alguém, já sabe o que acontece, bicha.* É assim que se ama: sangue, cuspe, uma casa vazia, aberta em vazamentos?

Demorei a erguer as magrezas do cansaço. O corpo, um saco de lixo, um espaço que não era mais casa, e se fosse, absurda e devastada, esperava a noite sussurrar algum conselho. Um cheiro doce de caju e o zunido de uma abelha noturna alcançaram as palavras choradas. Enchi a boca de terra, engoli a seco, acho que chorei. Eu estava me transformando numa voz cheia de chão e sangue, escancarada, vazamento.

A porta da cozinha que alcançava o quintal estava entreaberta. Tropecei na sombra abraçando a luz da única vela acesa no oratório da Avó. Luz lambendo as panelas florindo o forno de barro. Eu deixava um rastro de amargura, uma pista secreta do que havia me tornado. Parava quando as mãos da dor sufocavam o que restou do corpo. *Eu já cresci, virei homem, isso aqui é o avesso de quê?*

A cozinha calma, o cuidado avoengo para que o lugar da comida pudesse ser abrigo para toda a cidade. Demorou até que eu chegasse ao banheiro. Eu sabia que a noite ainda era alta, pelo frio e pelos olhos das sombras acusando minha lentidão.

Antes de chegar ao banheiro, fui interceptado pela voz noturna da Mãe. *O que é isso, menino?* Ela viu os frangalhos do corpo que minha sombra arrastava, a boca sem palavra, cheia de terra, a bermuda rasgada em gritos de tecido esgotado, a porta daqueles frangalhos escancarada e fluindo o que eu não conseguiria resolver. *Se eu disser que um homem resolveu morar em mim, mas resolveu ir embora, e voltará sem pedir licença, porque deixou a porta aberta e jogou minha alma fora, a senhora, Mãe, vai fazer alguma coisa?* Eu não disse.

Os seus olhos estatelados sobre mim, o jeito de olhar, um acidente. *Vai tomar banho*, ela sussurrou saturada. Nítida e lúgubre em sua dispersão de mãe de vigas carcomidas e teto vindo abaixo aos trancos e barrancos.

Eu ouvia a Mãe chorar no quarto, soluçando. Ela sabia acordar o dia, e o sol despontou lambendo as cascas que cobriam o que restou de mim. O banheiro ficava no jardim da Avó, a minha, perto do quarto e da sala de estar.

Acho que dormi ali mesmo, com o chuveiro ligado, escorrendo, vazando até que o fim inundasse aquela casa desmoronada.

Não chorei. Tive medo apenas. A Mãe só sabia afundar.

Vocês querem brincar hoje?

Não, os meninos mais velhos diziam, os resmungos empurravam meu corpo para longe. *A gente nem te conhece, mulherzinha.* Diziam isso muitas vezes. Golpeavam-me com gargalhadas, nas paredes da garganta o suor dos homens da casa, que partirão para assumir distância, dinheiro e vazio na vida dos filhos que irão deixar para trás. Os meninos mais velhos só me conheciam, à noite, no quintal da casa do Avô, o meu, quando assumiam uma intimidade magoada, disposição faminta, corpo cravado no corpo, suor engolido pelos meus olhos ardidos de sombras. Eu não via nada, nossas noites não se faziam trégua. Os meninos mais velhos diziam meu nome com lambidas afiadas, gemidos e palavras retorcidas e duras, cortantes, impronunciáveis nos nossos termos aprendidos na infância. Babando agonias, tremendo os dentes de fome que não morre apenas com pedaço de carne marcando os dentes podres, mergulhados em mim, os fôlegos todos aos pedaços, voltando à superfície para cuspir e ver o céu seco, que não perdoa ninguém e despenca.

Eles deixavam esquecidos no meu corpo lápis e borracha, cadernos velhos, palavras que nunca escreveram, bitucas de cigarro e um tipo lustroso de raiva mofada e obediente a pai e mãe, ódio estúpido riscado de sete e meio na escola, do tipo que diz *Bom dia* para a mulher mais velha da cidade e *Vai se foder, sua bicha maldita* para a criança mais nova mastigada por eles, quase todas as noites.

Eu guardava o que eles esqueciam no buraco que comecei a cavar, naquele quintal; o buraco que chegava ao nascimento da casa e não a destruía. Guardava tudo o que os meninos mais velhos esqueciam, noite dentro de noite.

Nos dias que seguiam aos mergulhos, mordidas, cuspe, tapas famintos, empurrões apedrejados, riso cortado de raiva bem educada por mãe, eles voltavam a não saber quem eu era. *Sai daqui, a gente nem te conhece. bicha. bicha.* Pedra. Ponta pé, faca riscada de fome no chão; chute, empurrão. *bicha.* Unha imunda varando a terra tenra que nascia na pele, pedaço de carne tremida. *Bicha, abre as pernas.* Cuspe. Dedo valente procurando meu nome. Cala a boca. *Se tu contar pra alguém, a gente acaba contigo. bicha.* E chute, mordida, cuspe. Pedra arremessada.

Tudo o que eles precisavam esquecer permanecia escondido, fincado. Eu afundava um buraco no quintal da casa para esconder o que carregava.

Eu não sabia se os meninos mais velhos esqueceriam algo nos dias seguintes, dentro, fundo.

O nascimento da casa foi esconderijo.

E surgia telha de barro grosso, descascado e duro; e forno de barro assando bolo de milho e carne limpa de galinha e porco. As filhas e a mãe, e o pai, o filho morto repetindo as lembranças da impotência dos santos da fé de todos. A mãe era Avó, o pai era Avô, e guardavam-se na cozinha que aquecia fome branca e escarrava fumaça escura. As Tias todas secas na raiz do corpo. Menos a Mãe, a minha, a terceira filha, que morava no canto da casa, separada com o filho, o neto, o homem que restava, que ainda ia nascer menino. O alicerce da casa tinha pedra pontuda, nascedouro de ferida ardida, e barro misturado a migalhas de concreto. O quintal era grande para caber milho, feijão, arroz, galinha, porco e as fugas do menino, e o corpo do único filho homem engolido pela goela de uma doença sem cura.

A casa estremecia com os ossos das filhas, alongavam-se todos, cobriam as insatisfações mesquinhas de suas vinganças com uma camada graúda de pele e ódio. A casa estremecia quando brotou o filho da puta no corpo da filha, a Mãe.

Das primeiras chagas no corpo da casa, assim o lar começou ruína, misericórdia, desgraça e fim.

A criaturinha nasceu, pai.

É menino, mãe.

Assim nascia a casa.

E tijolo, barro, goteira, e fogo escorrendo do céu. E filha chorando, mulher danando no inferno o filho sem pai nomeado. E telha, ripa, e ainda assim goteira, fresta que era chaga, por onde entrava estrela e lua, aos poucos pedaços. Se chovia, secava assim que a terra abraçava todas as gotas. E passos encardidos, pra lá e pra cá, saíam da casa para buscar milho e mandioca e voltavam, terra vermelha no sorriso das unhas dos pés. E irmã esmurrando fraqueza de irmã, barriga crescendo em danação, e goteira escorrendo o gozo do diabo; e rachaduras na parede traçando mundos que não existiam para nós, continentes impossíveis. Se chovia, o barro que pintava a parede, lamento e incômodo, mas abrigo, fazia lama nos cantos da casa, no pé das paredes, e o chão crescia mais uma camada para cima, a casa subia um degrau a cada chuva esquecida. Um dia, alcançaríamos a sofreguidão do teto capenga e seu riso desdentado. E mãe abraçando mãe, remendo, defendendo filha dos golpes das filhas, e o pai chorando e bebendo cachaça, na tontura dos dias, embriagado, perda. E o filho morto, falta, perdido em horas que pareciam vinte anos, ausência. E nasceu o filho da filha, a Mãe, a minha, remendo de gente, goteira aberta nos corpos dos avós, os meus.

Nasci num lugar de chuvas inexplicáveis e sol abundante, e cheguei a casa sem nem saber por onde escapar.

A casa foi feita para que ficássemos. O chão subia e o teto ganhava o rumo do céu.

Nasci sem um caminho de volta.

Lá, tudo era de alguém, na cidade, nos nordestes do mundo.

Terra vermelha, cerca de madeira e arame farpado, tinha nome e dono. Os bichos, que percorriam os quatro cantos – e uma estrada única que levava do começo ao que achávamos ser o fim da cidade – e perambulavam ruminando um calor na goela, pertenciam a alguém. As terras marrons de corpos férteis, flores livres, frutos maduros e sementes escondidas, abertas em feridas de fome, eram de algum homem. As casas tinham donos que partiram e deixaram as mulheres num varrer e parir eternos. A estrada tinha dono, o homem que mandava há anos e anos e anos; depois, todos os seus filhos e netos aprendiam a mandar. As mangueiras, bananais, goiabeiras, milharais, canaviais, moravam no quintal de alguém que mandava e dizia É meu, tudo. As mulheres e seus filhos pertenciam a alguém. Nós éramos do homem que era Avô, o meu, que era pai e esposo; ele não dizia Eu sou dono de vocês. Aprendemos ao longo dos desertos carregados do tempo que amar era ser pertencido, morar nos anos seguintes do corpo onde nascemos. A casa, a nossa.

E meu pai, que não tinha corpo, nem nome, nem caminho. A falta do pai me pertenceu até os meus dias seguintes.

Aprendi a morar nas fraturas da casa, despencando.

Eu corria para o rio para matar a fome do corpo e secar a sede das águas até o anoitecer. Bastava deixar meu corpo boiar pela extensão do rio e descia como galho seco, peixe morto, correnteza abaixo. Lá embaixo, onde o rio fechava-se num poço cercado e um buritizal de garganta esgotada pelo mato grosso que o abraçava, os meninos mais velhos esperavam meu corpo cheio de sede e fúria para nutrir suas buscas insaciáveis, num ritual abandonado, no qual a minha infância entregue consagrava o início de suas vidas adultas.

Os destroços da casa do Avô, todos os dias, avolumavam-se diante de meus olhos, minhas mãos cansavam de insistir na busca pelos pedaços maiores passíveis de remendo e costura. Eu podia levantar uma casa, restituir um lar que se desfazia diante da minha infância de mãos miúdas, primeiro pelo amor sacrificado e depois pela cadência da morte?

Longe dos destroços, o corpo entregue à superfície do rio, eu deixava-me abraçar pelas profundezas dos gemidos ofegantes dos meninos mais velhos que se apossavam da minha fuga. E eles escondiam seus desejos ruidosos no meu corpo, na pequenez das minhas mãos, na carne da língua, no ranço da garganta, o cheiro depósito de vazamentos crescidos, suor e pelos misturados ao gosto de peixe do rio; untavam as agruras da minha infância, lambiam meus ouvidos com palavras incompreensíveis enfiadas em meus vazios alargados, a casa destroçada que eu trazia em minha fuga do lar. Cravavam os dentes na minha inocência sem rumo e profanavam minhas poucas chances de não me regalar com o desconhecido. Eu era menino e eles me gritavam mulher, uma mentira num menino cansado dos quereres maternos. Eles afogavam meus tímidos arremedos masculinos na profundidade do rio e varavam seus dedos no fundo da intimidade que nunca foi minha.

O lodaçal de desejos e repulsa escorregadios do fundo do rio não cansava de afogar meu desespero.

Eu queria que algum dos meninos descobrisse o que morava no fundo de mim, ou que eles chegassem tão longe e arrancassem todas as veleidades que me foram emprestadas pelo Avô, pela Avó, pelas Tias, que eles arrancassem o que eu não alcançava, que extirpassem do meu corpo a presença da Mãe, o fantasma do Pai, os meus, e deixassem a ira sombria de um homem adulto ser redimida, o pecado cego e silencioso que nunca seria capaz de dizer o que é. E eles me enchiam de uma alegria canhestra e arruinada, como o lar que quase não existia mais, e para onde eu temia voltar.

Dos oito garotos, a um passo de tornarem-se homens, apenas um beijou minha boca inchada de mordida-sangue-socos depois que pedi ajuda, baixinho, no fundo, a tristeza afogada e suja. Foi a primeira vez que um homem beijou minha palavra e me deixou ali para morrer.

Então aquilo era amor: o corpo virado ao avesso, ofegante. E só depois vinha o beijo.

Comecei com um buraco miúdo, sem fôlego, para esconder as castanhas cravadas nos cajus que caíam maduros do único cajueiro. Um buraco no chão que afundava todo dia um tanto mais. Eu usava as mãos que carregavam o nascimento contado pela família: choro, desespero danado e grito, tinha pai que não estava lá, nunca esteve; a Mãe, a minha, sentia-lhe faltar ar e coragem, a morder os lençóis soltos na cama, e mastigar a raiva das Tias, suas irmãs. Com essas mãos e os calos dessas histórias, eu aplicava profundidade ao buraco que comecei a cavar quando os meninos mais velhos iniciaram as invasões abismadas ao corpo armado de desejos inconfessos. Eu, ali, no chão, com o rosto amassado contra a areia escura do quintal da casa do Avô, e os meninos, um a um, visitavam sem aviso prévio as brechas rebeladas do meu cansaço, da minha desistência. Mordiam e cuspiam, arrancavam pedaços da carne da alma, rindo. Escorriam sobre mim o rebentar da juventude trágica que todos eles desconheciam aos vinte anos. E minhas unhas a varar a terra seca afundada, sentindo as raízes do mato e sei lá que árvores eram aquelas, goiabeira, eu acho, ou pé de manga, e uma moita de bulgarim, sei lá se aquele verde escondido na noite paria apenas flor ou fruta também. Eu afundava os dedos na terra e lambia meus braços, babava, e os gritos eu deixava que caíssem nos vãos abertos do corpo que queria viver mais, aprender a amar alvoraçado de infortúnio e culpa.

Comecei a cavar o buraco, dentro do ato desesperado e indefeso de ser posse e fuga dos meninos mais velhos; oito homens sem líder, invasores obstinados, prontos para a conquista sem glória e para o rancor indissolúvel.

Todas as noites, eu voltava sozinho ao quintal da casa do Avô, o meu, e afundava um pouco mais o buraco. Primeiro cabiam apenas as castanhas dos cajus. Depois guardei os restos dos batons velhos da Mãe e das Tias; os bilhetes sem palavras do Avô, e sua voz escrita em ditos narrados, sua letra embrulhada em desentendimentos; e quanto mais eu cavava, mais esquecimentos eu enfiava no buraco, que se alargou tanto até caber meu corpo inteiro. Eu queria alcançar a fundação da casa, o querer enterrado dos avós dos avós, pais dos meus, a raiz profunda da Mãe, a minha. Eu queria mesmo ter minhas unhas sangradas e diláceradas pelo esforço inquieto de buscar as pedras fundantes, a morte afundada dos bichos, a vazante abrigada que passava sob a morada da família. Eu queria encontrar a origem da casa, seu nascimento. Talvez eu quisesse precipitar seu desmoronamento, encontrar o diabo. A Mãe, a minha, falava do diabo, suas seduções e ruínas. *Ele mora no fundo da terra, embaixo da casa.*

O buraco crescia. Resolvi não me trancar todos os dias no abismo que inventei no fundo da casa.

Os meninos mais velhos voltavam, quase todas as noites, olhos soturnos, corpos equilibrados em pelos e músculos vibrantes, e ensinavam-me a amar.

Todas as vezes que eu chorava a repetir mansidão e abandonando meus receios, gritando É assim que se ama, o buraco aumentava sua raiva, e eu afundava mais. Foi no fundo que encontrei o diabo.

Mãe, acho que o Diabo mora no fundo da gente.

O buraco que comecei a crescer, no quintal, continuava aberto, pulsava, me cabia inteiro, numa mordida. Às vezes, quase sempre, os meninos mais velhos me esperavam dentro do buraco. Eles, os meninos, me ensinavam a amar. Comecei a cavar as chagas da casa, e como doíam as pontas dos dedos. A dor se espalhava pelo corpo, na falta dos dentes, a mão de um dos meninos, o que usava aliança, enfiada na minha boca, pulsava uma sombra cruel e imitava um tipo de coração duro e valente, catava a falta roída dos dentes, apertava minha língua para não precisar mais dizer que eu não podia contar para ninguém *senão*.

As rachaduras copiavam o corpo de raiz de planta com fruto e flor, aquela dança crescente que aprofundava, alimentava e fazia brotar, irradiava-se para um sem rumo que não acabaria tão cedo. As veias do corpo dos meninos também irradiavam-se e encontravam o meu caminho chorado que não podia mais gritar, inundavam minha boca com uma ladainha maldita, xingada, miserável. *Bicha*, e as veias dos paus plantadas no corpo entregue, o meu, a posse que me tornei, terra deles, os quase homens, propriedade incapaz de parir, como a mulher de um deles, e as veias dos paus brotavam sacrifícios, ensinando-me sobre amor, miserável, escarafunchavam com as pontas afiadas dos paus, oito meninos mais velhos, as rachaduras ocupadas que carrego comigo. Eles queriam saber o que tanto entrava nas frestas do meu corpo e não escapava mais.

E abria mais, o buraco no quintal da casa, e a dor depois das mordidas e empurrões, abria mais o corpo, depois que as veias dos paus murchavam, e o mistério perdia-se pelo buraco que não entrava na raiz da casa.

Os meninos mais velhos riam calados, amarravam as calças nos corpos franzinos e suados, escalavam o tamanho do buraco e abandonavam os farrapos do meu corpo no fundo. O último dos meninos mais velhos, um deles com uma aliança prateada no anelar direito, sempre voltava para um beijo meio mordida meio tapa. Naquela noite ele não me beijou. Apenas disse *Agora eu vou morar na casa de uma mulher de verdade, seu viado.*

Havia uma tentativa sem glória de, pelas rachaduras, encontrar a raiz da casa, saber se apodrecera, e por isso ela não parava de cair, como os nossos dentes. Eu penetrava os segredos que estalavam secos nas calamidades da pele ressequida da casa, procurava o impossível. Caminhos sombrios e apodrecidos abriam-se no continente das paredes furibundas, e aprendia que, se o mar existisse ali, seria um jeito de chorar por milagre.

Eu vestia a pele da Mãe, a minha, para ser raiva indomável e assim domesticar os meninos mais velhos. Calçava as sandálias da Avó para encorpar a sabedoria de sua fé infalível. Enchia os lábios com o batom carne rançosa bem sangrada das Tias, eu queria amansar a braveza dos meninos. Eu vestia a chita florida da pele da Mãe, trancado no guarda-roupa esclerosado que cheirava a tataravós beatas. Eu sentia a roupa das Mães, a minha e todas as outras antes dela, enraizadas na fundação da casa, alisar a pele dos meus onze anos com gestos de mulher incapaz de evitar, confusa e escancarada, a posse dos homens que não queriam ser pais, e iam embora, para um longe tão ocre ofegante no horizonte que parecia terra colorida explodindo das telas expostas nas salas das casas vizinhas.

Eu vestia o sujo acumulado da Mãe entranhado nos vestidos e nos sapatos vermelhos. Eu esperava os meninos mais velhos no quintal da casa. Enquanto o tempo pulava de mosquito em mosquito, eu cavava mais o buraco inventado, até o nascer da casa. Os meninos chegavam a cavalgar as sombras, chiados em seus silêncios de *ninguém pode saber da gente aqui, sua bicha, cala a boca e chupa tudo*.

Lambia a superfície sumarenta dos meninos mais velhos, gosmenta e áspera, a noite escondida nas curvas dos pelos cravados de feridas de futebol amador, quedas rasgadas na beira de riachos escondidos na cidade. Os meninos mais velhos viravam a pele, o sapato, a chita da Mãe, a minha, que eu vestia, ao avesso, e, ofegantes com rumores secretos nos olhos incandescentes escuros, gemiam mordendo e engolindo o corpo de menino, o meu, que se repetia como mãe, avó, mulher, criança, e buraco inventado que crescia até a raiz do lar.

Eles saíam sussurrados e pulavam o muro do quintal da casa, *xiiiiiiiiii, cala a boca, bicha, fecha essa matraca, engole esse choramingo, ninguém pode saber.* Eu rolava até o buraco crescido, o corpo todo desistido da pele que a Mãe trancava no guarda-roupa: *Vou fazer o quê com esse trapo que não cabe mais em mim, que não cabe mais na mãe?*

Eu engolia o choro, todinho, depois de cuspir a raiva encarnada dos meninos mais velhos. *Preciso aprender a costurar esses fiapos do corpo antes de voltar para casa, antes de ir mais fundo.*

Era estranho e comum que a Mãe, a minha, resguardasse para mim tantos silêncios no tamanho da minha infância. Meu corpo chegou, depois da enxurrada vermelha dos homens que afogaram minha esperança, a casa. Os pedaços do corpo em ruídos, maltratados, chegaram escondidos no sorriso faiscado que a Mãe gostava de ver, mesmo quando ela e as Tias armavam-se numa guerrilha afiada ao redor da mesa, nas horas do almoço, da janta, do café, em todas as celebrações em que os bichos que moravam no quintal eram cozinhados e engolidos. Minhas pernas arranhadas de galho seco no caminho de volta, no matagal que cortava o caminho até o rio chegar a mim, e minha boca roxa de tanto fundo de rio que mordeu, pedindo socorro, submersa, enquanto os meninos mais velhos me ensinavam a amar e a doer.

Talvez eu tivesse dez anos. A água ainda escorria encarnada de algumas marcas indizíveis; pareciam picadas e mordidas de bichos sorrateiros, algumas eram uma estrada longa e cansativa até o fim do mundo, com um horizonte de olhos semicerrados, sombras promissoras avisavam que o corpo inteiro em breve anoiteceria.

Dez anos, talvez, e cheguei a casa com os rumos da infância desnorteados, e a Mãe trancou qualquer possibilidade de curiosa indignação nos olhos densos e famigerados. Ela sangrava de outro jeito, enervada, a jorrar para dentro a morte que se repetia na mulher que ela nunca fez questão de ser. *Ser homem é melhor que ser mulher*, dizia, e morria, viva. *Ser macho é mais fácil*, gritava, e morria, viva. *Mulher só serve pra sofrer*, dizia, e sangrava, seca. *Mulher sem um homem de verdade não serve pra nada*, e sangrava. Eu ouvia aqueles gemidos tantas vezes serem ditos com as suas mãos em arrumados cuidados no meu cabelo, lado direito, tão certinho e aprumado, minha roupa limpa, um vestir de homem, e ela dizendo *Caminha que nem homem, fala que nem homem, come que nem homem.*

Ao me ver entrar com o corpo banhado do amor sedento dos meninos mais velhos e fundo de rio, ela amarrou os gritos nas palavras que usualmente escapavam, e mergulhou na corrente de sangue que não parava de fluir desde o dia que nasci.

Ela não disse nada. Nenhuma palavra escapou do que ela tinha acabado de se tornar. Os olhos muito abertos; imaginei suas entranhas enfileiradas a escapar de si, a banhar seus pés, tamanha era a abertura de seu susto na boca e olhos. Nada. Muda. Eu chorava trancado nas lágrimas, sem deixar escapar o desespero que me levou de volta para casa. Eu tremia e o fundo do rio revirava-se esfolando meu fôlego com punho cerrado. Se ela me abraçar, eu me desmancho inteiro. E nada. A Mãe ficou imóvel, naquele lugar que se faz revelado todos os dias, na presença das irmãs, as Tias, quando precisava se defender.

Eu queria um abraço. Queria que o fundo do rio se escondesse na palma da Mãe, diminuído, a potência do que maltrata reduzida a poça d'água.

E nada.

Ela, em dias como aquele, e em todos os seguintes, não saía de si se não fosse calada. Não respondia minhas tentativas de entender sua vida, e isso durava semanas. Quando algum som escapava, era eu. Não tão rápido e certeiro, e feria, rasgava a esperança eufórica nas primeiras camadas, e eu me escondia, sufocado.

O útero da casa apodrecendo, isso as irmãs odiavam na mãe, a sua, minha Avó. O útero da casa parindo uma criança abismada de sorriso abrigo do sem fim; era só arremessar qualquer afeto ali naquele fundo que a criança engolia em sua profundeza o ruído soturno daquela existência odiada. *Isso é uma praga, tinha que ser teu filho, vagabundaputaquengavadia. Puta.* Antes, elas, as irmãs, chutaram a barriga da Mãe, a minha. Foi o meu primeiro tremor no corpo. Chutaram muitas raivas, empurraram o nascimento da tristeza da Mãe, a minha, para um quarto calado, trancaram todas as mães que elas não podiam ser na escuridão sem deus que escorria do corpo da irmã. Foi ali que nasci, no desespero da mulher que amaldiçoava o dia em que conheceu um homem, um Pai, o meu, e a falta, no canto do corpo da mulher que não queria ser mãe.

Matei a vida da mãe com meu nascimento, e matei a coragem da Avó, a minha. Vivas, elas equilibravam as desentendidas reclamações das vozes refugiadas em si. *Pra que tu foi embuchar agora, filha? Essa criança não vai durar dois dias aqui. Ele não é normal.* E tempos depois *Tu já tem dez anos, anda como homem, diabo, fala como homem, peste. Eu sabia que filho de puta não podia prestar. Filho, aprende a me salvar. Tu acha que ele não vai te abandonar, vagabunda? Teu filho não é homem. Mulher sem macho não serve pra nada.*

Eu te nasci pra isso, filho?

Nasci no canto da casa da mulher que não queria ser lar.

Tentei muitas vezes atacar a casa. Em vão. Ela defendia-se, armada com a solidez de seus ocupantes, o ódio incompreensível das filhas e a paciência desistida dos pais, meus avós. A casa resistia ancorada à humanidade violenta dos seus ocupantes. Do lado de fora, inventei chuva e desespero, através de chutes e cuspidas, arremedo de raiva, a cópia reduzida de tudo que aprendi com a história dos meus desgostos.

Escalei a casa e destelhei seus pudores, gritei, monstro indomado; rastejei pelos vãos inacessíveis e mijei para demarcar continentes, um bicho mal criado, caçando rato para morrer e deixar a morte feder e espantar os ocupantes. Eu latia contra as paredes da casa, seus vãos, engatinhava, ágil e soturno, calculava ataques e vômitos. Caguei no jardim, enterrei algumas merdas, outras deixei expostas aos pés das roseiras da Avó, a minha. Arranquei os bulgarins que mal cheiravam a única decência dos arredores da casa.

Armei meus bichos famintos e ataquei. Unhas dos pés abertas, a boca manchada de raiva.

A casa resistia à minha valentia insana. Inderrubável pelos meus golpes. Mas como ela caía todos os dias um pedaço, e por mim, nada?

Ela falou, pela voz das Tias: *Aqui não cabe a coragem de uma criança como tu. Aqui já somos horror.*

Eu não sabia fugir daquele caminho.

Há muitos tempos vencidos, mais ou menos trinta anos, a Mãe explodiu, e eu escapei, e continuo fugindo.

Ficava ali, escapado, escondido, com os Avós, enquanto a mulher era lavada com o próprio sangue, o grito borbulhava no chão. As Tias, juntas, num ritual de desprezo e fastio, cuspiam unidas sobre a dor da Mãe, a puta, a vagabunda, que deu o corpo para um homem desconhecido e sem nome, um pai, aquele, o meu, e pariu um bicho sem rumo. Elas me chamavam de bicha. O filho da puta, a bicha. Sonso, mudo, palidez obediente nas curvas que os ossos desenhavam na tristeza.

A Mãe gemia tão baixinho. Parecia morta. Formiga deve fazer um barulho daqueles se cansada, eu pensava. Tenho certeza que bicho muito miúdo fazia aquele tipo de barulho igual ao que escapava do corpo da Mãe. Respirava pela raiz dos pulmões e o medo ia fundo buscar a vida que se escondia no entrelaçado dos nervos. Aproximei-me e tentei levantá-la. A dor pesava muito, a possibilidade da morte mais ainda.

Eu dizia Mãe, e ela respirava fraca, as dezenas de portas do corpo abertas a chutes, lugares seus que ela nunca imaginou possuir. E chorava. Eu dizia *Mãe*, ela chorava dolorida. *Mãe*. Ela procurava o grito de tantos dias atrás, pólvora úmida, para expulsar as irmãs que nunca a enfrentavam sozinhas. Eu abraçava o cansaço ferido da Mãe. *Se ela parar de respirar, engulo o medo, procuro o peixe que mora em seu corpo, nesse rio de sangue, e salvo a mulher que ela é, de novo. Se ela não conseguir viver, prometo não escapar para longe. Mãe, faço do teu grito uma promessa enervada.* E ela sussurrava-gemia-golfada-de-sangue-coagulado: A culpa é tua. E o não saía empapado de morte, vazio.

Lambuzei-me com as sujeiras da Mãe, durante as minhas ofertas de ajuda. Então é assim que se nasce: uma mulher de afetos esquartejados coberta de sangue, grito e dor, sozinha em sua desesperança confusa, fórceps e respiração em filetes, e uma criança escapada e quase sem ar coberta de todos os fluídos que o corpo materno é capaz de vazar.

Eu queria saber o que tanto entrava nas frestas do chão da casa e não escapava mais. A casa quase toda aberta numa imitação capenga de Entra e Senta Não Tem Mistério Aqui. A casa cambaleava com suas chagas vazadas de tristeza e a luz que corria da cidade grudada ao latido dos cachorros e o murmúrio curioso dos vizinhos, de toda a gente que não entendia nossas vidas trancadas numa casa onde as portas perderam sorrisos e chaves.

Eu catava uma agulha que a morte da Avó, a minha, escondia numa das gavetas da cômoda, no quarto, ruína dos sonhos, que ainda era habitado pelo seu ressonar piado e frágil. Na gaveta, ainda tinha palavra, um monte delas, concentradas no canto da gaveta, asfixiava uma família de baratas imóveis, que talvez estivessem mortas. E tinha todos os dentes da Avó num sorriso paralisado arrancado da sua vida ressecada, repetindo quieto um pedido de Não Me Tira Daqui, neto amado. Catei a agulha enlaçada num rolo de linha preta, que ela usava para remendar as roupas antigas nossas que pareciam sempre velhas. Repetíamos o tempo, dias e meses, todos os anos, com os milagres alinhavados da Avó.

Eu saía com a sua agulha na mão para remendar pedaços da casa. Saía a rondar todos os quartos, dois, todos os corredores, um único, todos os banheiros, um, o quintal, a casinha que abrigava o forno de barro. Deitava-me sobre as rachaduras e escavava com a ponta da agulha o fundo, as extensões sombrias de suas profundidades, catava cada grito aberto nas paredes, no chão da casa, nos cantos dos quartos, nos cacos caídos do teto, no corpo do forno de barro, na morte do Avô e da Avó, os meus, que, calados, ensinavam-me a afundar em sacrifícios crus e aflitivos. Eu enfiava a ponta da agulha nas chagas macilentas da casa queimada de sol e murmúrio da cidade, e ela não dava um pio. A Mãe, a minha, dizia *Vai ser só nós dois para sempre.* Eu deitado no chão, as pontas dos dedos grossas de terra e arremedo de rachadura, escarafunchava o fundo para saber o que tanto entrava em nós que não escapava mais. Eu devia ter aprendido a costurar com a Avó. Eu arremataria essa tristeza toda num remendo maior que nossa dor e faria um milagre com a casa que desmoronava no nosso corpo.

O sol acordava a bocejar cantiga das galinhas. Tossia preguiça de abrir todos os seus olhos e quase não chegava ao interior estilhaçado da casa. O sol vazava preguiça pelos buracos gemidos da sala que gritava, da cozinha que pedia socorro, dos quartos que insistiam em escurecer todo dia. A preguiça do sol alcançava tudo, menos a morte que se repetia por todos os vãos.

O tempo não mata todo mundo que ele enterra.

Trago as heranças de casa nas unhas, a terra acumulada no riso dos dedos, nesse reboco de sorriso ao cravar a falta da fome que não me abandona na pele dos meninos mais velhos que me ensinam a amar. Eu também posso ensinar o amor; e cravo a saciedade das unhas que riem, minha herança, a terra satisfeita que trago na sujeira dos dedos e espero eles gritarem, espero nascer da terra varada sob as unhas no milharal que esbanja o avesso de qualquer tristeza, espero brotar arroz e os ovos das galinhas, espero os lamentos morrerem atacados pelos golpes das unhas nas mãos do meu corpo que escavam rumo à raiz da casa, atravessam passado, memória, saudade, e uma morte úmida, pedregulho entalado no alicerce do lar. Afundo as unhas na terra e vejo-as imundas. Um dia, farei ferida na fome que talvez resista e na raiz da casa.

Dias e dias sem energia elétrica, horas redondas em dias inteiros e a luz resolvia deitar-se dentro da noite. Breu. Multidões de grilos ecoavam na casa coberta de lençóis de estrelas e lua. A família reunia-se em espaços apertados. As Tias dormiam em um quarto; eu, a Mãe e os Avós ficávamos na sala, sob a luz cambaleante de uma vela sempre a postos, alerta, que também brilhava em oração. Ríamos das histórias do Avô. Era nesse tipo de noite e uma escuridão faminta que a voz do homem, meu avô, superava os consistentes desmoronamentos da casa, e trazia um risco de alegria.

As portas da casa nunca estavam trancadas com chave e cuidados. Qualquer pessoa podia chegar sem avisar e ir até nós, mesmo no escuro, compartilhar a lucidez de nossa fragilizada alegria, engolir uma ou várias xícaras de café, e saciedade, e ouvir as migalhas da fome pedir ajuda. Qualquer pessoa conhecida da família podia entrar. E eu resolvia sair, escapar da alegria que durava o tempo das noites longas e chiadas. Eu descia lento pela garganta do breu de luz fugida, enquanto toda a família resolvia dormir no derreter da vela, enquanto a lamparina piscava as chamas de seus olhos antigos. Eu me dirigia para o quintal da casa para engasgar com o amor dos meninos mais velhos.

Eu queria saber mais sobre elas, a Mãe e a casa do Avô. Eu enxergava os esfacelamentos das paredes e do teto, e as quedas da mãe para dentro de si. Difícil vê-la como tantas portas abertas e visitação desavisada e acidentes espalhados nos corredores de seus gestos, nos esconderijos de seus gritos, nos cantos assombrados do seu chorar convulsionado. Foi por sacrifícios mordidos e choros encarnados que descobríamo-nos íntimos. Os Avós mudos e pateticamente diminuídos diante dos berros das filhas, as Tias e a Mãe, não conseguiam articular qualquer tipo de salvação. Eu restava no centro lúgubre daqueles desmantelos, a casa desfazendo-se a cada esporro, berros de insatisfação. A puta vadia que a Mãe, a minha, se tornou na boca das Tias, suas irmãs; o filho da puta vadia que parece uma mocinha chorona que eu era em suas bocas também; e eu era um homem crescente pelos golpes pulsantes que me engoliam todos os dias; eu seria o homem que deveria salvar a família do pior de si.

Eu não sabia quase nada sobre elas. Não sabia o que gostavam de comer, que músicas preferiam ouvir. Sabia apenas da sustância das ideias, conhecia o som de suas violências. Só os Avós, seus pais, permitiam-se revelações modestas sobre suas preferências passadas, já que futuro era ruína e poeira desde todos os ontens que traziam na tristeza do corpo. Eu sabia timidamente e assustado que as filhas, As Tias e a Mãe, gostavam de cada pedaço na casa em seu devido canto: os abraços apertados trancados nas gavetas enfastiadas dos armários herdados de uma história que nenhuma delas conheceu. Os beijos calorosos inacontecidos, tão velhos numa velhice de algo que só será fantasia, acordados nos cantos mal cheirosos dos móveis trancados em noites ancestrais. O respeito que cada uma delas sabia ser – frágeis, assustadas, mulheres e homens, faltas, violentas em seus mistérios avessos – morriam sufocados sob a plantação – dois pés – de milho cuidados pelo pai, o seu, meu avô. E da boca o que saía era uma reinvenção das guerras e armadilhas grosseiras inexistentes na cidade que não alcançava a imensidão do mundo.

Elas ouviam os piores insultos uma das outras; palavra era veneno, estaca, faca a gritar afiada, e também carabina tiro certeiro na silenciada esperança de um amor que não reinventava nossos começos. Palavra era corte, carne rasgada aberta, o escorrer da dor. Palavra na boca era pólvora partindo ao meio o desastre de suas irmandades. Terminavam-se todos os dias, unhas rasgantes de frases avessas de carinho, dentes mastigavam a vontade de sacrificar o perdão; elas findavam-se todos os dias, alcançavam o próprio exílio em todas as ofensas, todo maldito santo dia. A casa dilacerada era morada do nosso desmoronar imperdoável.

Era essa a nossa intimidade: gritar, morder, cortar, ameaçar, e deixar correr o sangue que nos fazia os mesmos, posse, lar, fuga e fim.

Só sabia falar a partir da falta. A palavra estava sempre comigo, mas essas palavras que não me abandonavam catavam as áridas faltas que assolaram momentos da minha vida. Aquilo que não me desamparava como algo capaz de narrar o que não existia mais, ou talvez existisse, a casa da memória, nos alicerces da minha história, inteira dentro de mim, todos os móveis velhos e seus pedaços malfeitos, mordidos de dentro para fora, os quartos apertados, e os corpos das Tias e da Mãe empoleirados sobre a mesa da maldição, os pratos vazios arremessados contra a parede da cozinha e suas feridas, e os cacos da fome quase no fim estilhaçados a machucar minha fuga. Então a palavra que não me deixava era o lugar daquilo que só existia ontem. A palavra era a casa renovada que aprendi a erguer, do chão ao topo, do alicerce ao teto. Saí do nada ecoado para elevar a renovação inapreensível de um não-lugar que só existia no que escapava, fugia, feria.

Para a Mãe, a minha, um bom filho nunca ia embora.

A chuva ficava longe tanto tempo que nos esquecíamos de preparar a casa, o teto. Ouvíamos as telhas alaranjadas a estalar, riam de desespero do calor que chicoteava-lhes a moleira. Ouvíamos os urubus que pousavam sobre a casa, as unhas a arranhar a cor seca do teto, e derrubavam o céu. As horas com uma aspereza insidiosa, parecia tudo premeditado. Os urubus caçavam mesmo era pinto filhote de galinha e ovo, e resto de comida. Tinha uma fartura nossa, e restos do que comíamos, então eles arvoravam-se frondosos sobre a casa, uma copa brilhante de penas negras em asas inquietas, olhos abrigos de reflexos incapazes de espelho e beleza, e a espera por comida, resto, pinto e ovo.

As telhas, lentas, uma a uma a cada semana, despencadas; as que não despencavam, mantinham-se espaçadas, choro de uma fresta qualquer, que se somariam dezenas, por onde o céu espiava a balbúrdia familiar dos Avós, das Tias, da Mãe, as minhas. Ao longo de alguns meses, um ano ou mais, a casa piscava pintalgada de sol espalhado, que deslizava pelo chão e paredes, no espreguiçar do dia. À noite, a desistência do calor embrenhava-se calma, e a luz enfiava seus dedos pelas feridas do teto para nos contar que anoitecer é um jeito de escapar.

A chuva não chegava repentina. O céu fechava sua claridade bruta e soprava algumas sombras, cortavam relâmpagos a agitação de nossas desgraças; um tipo de vento devastado, estúpido, direito e esquerda e curva rascante, puxava e empurrava os cabelos das mulheres da casa, que corriam a catar as panelas, tachos, vasilhames, tudo latão e barro, para aparar a chuva que, ao chegar, embrenhava-se pelas chagas do teto. O céu despencado derrotado gritava uma luz rápida e faminta.

É o fim do mundo, a Avó corria amarrada num terço e ladainha que clamava perdão; *valei-me, meu pai*, as Tias, suas filhas, estabanavam-se em palavras repetidas, com cuidado para não aluir a atenção dos raios. Eu e o Avô ficávamos na beirada da cozinha, onde moravam o forno e as galinhas, os pintos e os ovos. Juntos, cada um com panela e tacho numa das mãos, todos nós corríamos para aparar a queda do céu em água limpa e escuridão furiosa.

Não eram mais pingos lamuriados no latão das panelas, era mais chuá que tong, vazamento transmutado em cachoeira, o punho de águas desamparadas socava a casa. O céu despencado dentro do vazio das panelas, o desespero afogava o vazio da fome dos tachos. Nós, encharcados, segurávamos uma alegria assustada na garganta, pois chovia, e o desespero nos olhos, inundados.

O chão da casa pura lama, nossos pés submersos na terra afundada, embora continente. Dali a pouco, eu não seria fundo de rio sozinho.

O chão da casa nó na garganta da Avó, que chorava. As lágrimas escorriam abraçadas à chuva, encontro de rios. *Vó, não tem mais estrela no céu que desmancha assim? Cala a boca e reza, menino. É pra agradecer ou pedir perdão, Vó?*

As Tias mergulhadas na preocupação do afogamento. *A gente não sabe nadar*, gritavam com as bocas abertas para receber o derramamento; elas queriam engolir tudo de cima, não sem esquecer a Mãe, a minha, que tinha a cabeça empurrada de encontro à terra ensopada, sem se defender, pelas irmãs. Eu, que já tinha salvado minha mãe de tanta fundura de rio, pensava *Ela não sabe nadar, tenho fundo de rio e pedaço de mar em mim, mas agora preciso aparar o desespero do céu*, orgulhoso, destemido, oito anos, as pernas cambitas seguravam todos aqueles desesperos e bênçãos.

O Avô trancado em silêncios, os olhos de mãos espalmadas estendidas ao céu todo fechado em sombra e raios, não dizia nada, não com palavra eriçada. Ele ria com o corpo ocupado: panela, tacho e céu despencado.

A casa começou a cair desde o primeiro nascimento e não parou de ser ruína.

Uma sinfonia apocalíptica anunciava o dilúvio de tachos gargarejantes, o avesso da fome das panelas braçavam nado flutuado, e a casa plantada de obstáculos úmidos. A cada passo pequeno, esbarrávamos nos latões dos vasilhames e seus gritos afogados. Lama espalhada no chão sustentava o fundo das panelas, dentro rio claro, choro do céu despencado. Um rio fragmentado dentro de casa, correnteza parada no tempo.

A chuva foi embora num assombro. Tínhamos água limpa, nas panelas, e chão lamacento. *Que diabo foi isso?*

Olhávamos para o teto e as feridas lavadas recusavam-se a revelar como milagres abandonavam nossos lugares conhecidos de dor e desespero e realocavam-se na fuga. Tristeza era o céu gritar e chorar noite inteira pela boca de todas as chagas ocupadas da casa.

A Avó afogada numa reza sem pé nem cabeça; o Avô nadava contra a correnteza de seu susto. As Tias apavoradas, trancadas no banheiro, esperavam peixe brotar do buraco cavado para receber mijo e merda. *Tia, peixe não nasce assim. E tu não nasceu de um milagre, diabo, pois então?!*

A Mãe raivosa apontava para mim a mão escorrida, ainda contaminada de raio, dizia *Como é que tu sabe nadar e eu não, como é que tu quer ir pra longe, nesse nado, e eu não posso, como é que o mar cabe nesse teu corpo imundo e no meu não? Tu sabe que é culpa tua o céu chorar desse jeito? No céu também tem mãe desgostosa, filho.*

Ela nunca enxergou meu fundo de rio. Ela entendia liberdade como um caminho que me afundaria. Eu era chuva, rio, mar; a Mãe, as chagas do teto em queda de um lar inundado.

No dia seguinte, a casa ainda não havia terminado de cair, submersa.

Todo dia um homem morre nessa casa. Todo dia vai embora um homem dessa casa. A morte carregou filho, homem; a morte estrangulou o velho, homem; o destino carregou marido, homem; o futuro destruiu pai, avô, tio, irmão, filho; uma maldição molestou a criança, um bicho, o menino, o filho da puta. Todo dia, um homem a menos. A Mãe, a minha, esperneava lamentos dentro da casa, nada voltava a ser como nunca.

E havia a história do menino que deixou a casa da mãe sozinha. Todas as histórias da Mãe, a minha, desdobravam-se infinitas dentro das outras histórias, imaginadas talvez, e tão reais que eram armas, ameaças, maldições.

Tu sabe o que matou teu tio? Meu irmão morreu ao tentar sair de casa; anos ameaçavam nossa mãe de que um dia iria embora desse inferno e então a doença sem nome, que é só dizer o nome e a morte chega, trancou o irmão no quarto. Ele apodreceu antes de enxergar os caminhos que levaram embora. O Tio, o meu, o único homem além do Avô, pai da Mãe, a minha.

Essa deve ter sido a primeira história maldita sobre um filho a ensaiar fuga ouvida pela minha liberdade fragilizada e apenas insinuante. A Mãe fazia questão de contar sobre filhos famintos, moradores de rua apodrecidos, afogados, assassinados, filhos avessos no desejo, imundos, decepcionantes, e nunca a ponto de serem desistidos pela intimidade da Mãe, as nossas.

Muitas outras histórias pesaram, histórias sobre mães desoladas na decepção furibunda de filhos ingratos, viajantes desistidos, fugidos, outros assassinos e dolorosamente livres. *O que os levava para tão longe, Mãe, o que os tornava tão maus e afirmativos sobre a própria vida? O que faz um filho não querer regressar ao corpo da mãe?*

Havia ainda a história do primeiro filho, seco, quando ainda havia fome, aquela que abriu a morte no corpo da mãe com ossos afiados de boi cozido numa panela velha; a mãe antes de morrer rogou-lhe uma praga que o transformava em monstro absurdo, condenado a vagar na escuridão margeada de rios abandonados até devorar a pureza de sete moças virgens, santas, pacíficas e fantasiosas, a beleza virginal que esperaria príncipe e jamais aceitaria dividir corpo, casa, desejo com um monstro.

Então é isto, Mãe, um monstro? Se eu partir, bicho?
Fuga é caminho? E se eu ficar, sobrevivo?

Falta e ausência não são os mesmos monstros. A falta é violenta, dona de mordidas e mãos que arrancam e destroem. A ausência é um buraco nascido desde o começo do nunca, sempre, onde cabe um monte de fantasia e espera cansada.

Ela e eu caminhávamos sozinhos, percorrendo imensidões de quilômetros, a pé, a Mãe, a minha, com o caminho esquerdo inchado, cheio de uma doença que não tinha nome; o pé direito chorava fadiga. Eu, sem poder brincar com os amigos, poucos, que eu não tinha. Eu, uma muleta para a Mãe. Ela chorava. Nós dois íamos até a escola, o único lugar onde palavra vinha acompanhada com o que comer, se o dono da cidade dissesse que sim, vai ter comida de segunda a quarta.

O céu seco enfiava goela abaixo todas as incertezas daquele mundo pequeno que cabia dentro da gente. Ela precisava de dinheiro, só para gente comer. Ela ensinava português que mal sabia. O dinheiro preencheria algumas das nossas dores. Isso é falta. Tínhamos alguma fome, ela quase professora, dona de um mundo pequeno de palavras, e eu precisava almoçar antes de ir para a escola, onde eu estudava, no sentido oposto àquele que seguíamos. Naquele dia matei aula; a fome quase morreu. Falta. Ou ausência? Só sei que ela conseguiu cinquenta dinheiros depois de um dia inteiro de conjugações de verbos que ensinavam a pedir, clamar, suplicar, gritar, chorar, espernear, e matar, e talvez sobreviver. Voltamos os dezoitos quilômetros, conjugava um início de desistência. Começou uma chuva estranha, porque o céu tinha os olhos secos e bravos, e, do nada, do meio do nada, resolveu chorar. Ela chorava, e ria, pois amanhã eu comeria, não faltaria aula, aprenderia a me salvar, e ela não precisaria ameaçar desaparecer, e seus pais, os Avós, os meus, ririam seus modos banguelas de saciar o desespero, e as Tias, as minhas, irmãs suas, diriam Até que enfim essa quenga serve pra alguma coisa nessa casa além de parir e levar tapa na cara.

Desaparecer é falta ou ausência?

Os moradores fiéis esperavam a multidão encegueirada de fé e oração atravessar a única rua que alimentava o coração da cidade. Orações cantadas e gemidas por mulheres que sustentavam pedras do tamanho da cabeça de seus filhos muitos recém-nascidos no topo de suas cabeças. Os homens, que restaram na cidade, de pés descalços, seguiam imersos no caminhar dormente. As palavras caíam sob seus pés e formavam poças de fé chorada, lavavam as feridas dos corpos minguados, queimados, lacerados pelo calor escaldado.

O sol fechava os olhos, e a quentura não tirava cochilo, o calor incansável derretia o rosário colorido nas mãos das crianças sonolentas, famintas, que abriam a boca para chorar e aprender a ladainha da salvação. O santo padroeiro seguia erguido sobre a aglomeração das famílias, num altar de madeira morta incapaz de respirar, a fé de mentira coberta de dourado e esperança. O santo não chorava por não conseguir trazer os homens que foram embora, e caminhava através dos passados sofridos abertos em chagas da tristeza alheia.

Em casa, esperávamos o fim da procissão do santo. O fim era a chegada da imagem à igreja. A ponta da procissão levava um mastro comprido, o talo gigante de uma carnaúba, que carregava uma bandeira estampada com a pintura santa do padroeiro. Os gritos e a fé em litania erguiam o mastro, que apontava e feria o céu carregado de luz. A bandeira gritava na ponta do pau do santo, deixava boquiabertos os corpos feridos, suados, cansados que choravam e gemiam a arenga sem fim. Súplicas inacabáveis numa cidade que era o cu do mundo. Um cu pedindo milagre, perdão, comida e redenção.

Em casa, a família inteira na porta, amontoada em brigas interrompidas pela procissão.

Eu, no quintal, sozinho, ouvia o fim das palavras que chegavam esvoaçantes, só o rabo dos sentidos chegava até mim, o finalzinho dos ditos cantados graves e místicos. Na mão, o pau duro, o meu. Eu tinha mais ou menos dez anos e esperava a chegada do amor que morde e ensina ao sangue do corpo encontrar o mundo. O amor chegaria com a noite e ensinaria ao meu corpo como é que se reza, como se pede perdão, como se vive. Eu esperava uma força maior que a minha entrar pelo portão, pelo corpo faminto dos meninos mais velhos, no fundo da casa, e me ensinar o que era amor. Outro cu pedindo milagre, perdão e redenção.

Com o corpo varado de medo, ainda assim comecei a rezar, o arremedo de fé que eu ouvia vindo de longe. Pau nosso que estais no corpo, santificada seja tua herança, venha a mim o teu sexo, seja feito o teu desejo assim na pele como no gozo. O pau nosso de cada dia nos dai hoje, perdoai todas as ausências, assim como eu perdoei a quem tudo tem sido sumiço. Deixai-me ser devorado pelas tentações e aceitai que sou o mal. Amém.

As Tias armavam-se com golpes mais bruscos e afiados a cada discussão. As brigas abriam as portas para os rancores e mágoas, deixavam escapar a imundície singular de cada uma delas. Eu e os Avós éramos a plateia cansada do mesmo espetáculo enfadonho, mesmo que comprometido, toda semana.

A Mãe era o alvo preferido das irmãs. Minha mãe era a puta. As Tias cansadas chamavam a irmã de puta. Quenga. Imunda. Escrota. Meus olhos esperavam, a qualquer momento, qualquer dia daqueles, a transformação que ela sofreria: a mulher de carinhos eficazes e inaugurais se tornaria um bicho sensual de rabo gorduroso e sexo exposto e línguas a vazar das intimidades babadas e pediam um homem suculento que engolisse sua indecência. E esquartejaria minha alegria claudicante, e com uma fome amansada mastigaria cada nervo gritado e exposto meu, cada pedaço de pele escorrida ferida minha, vista e tida como sua. *A fome é minha e o filho também, eu mordo, mastigo e engulo, volta pra dentro da tua mãe, filho.*

Com o passar dos anos, embora fosse putaquengaimunda, continuava Mãe. Irritada e cuidadosa, cujas mãos operavam a arte salvadora de preparar galinha ao molho de gordura e sangue, divertida em suas raras explosões de bom humor, e ria até cair na cama dura e puxar minha risadinha fina para junto de si. Puta. E ela continuava a Mãe. Quenga. Ela continuava a mesma. Imunda. Nada mudava. Mulher sem homem, os anos do corpo sem um toque bravo de abandono premeditado, nenhuma mão que arava terra e comprava passagem só de ida para nunca mais voltar a tocar depois do homem que foi meu pai, aquele.

Os Avós levavam-me para seu quarto e começavam a cantar uma música que falava de morar longe e nunca mais voltar.

Talvez a puta-imunda nomeada pelas Tias morasse longe, e não no choro da Mãe, a minha, depois de partir em centenas de fraturas uma desavença selvagem e avançar sobre as irmãs aglomeradas para fazer doer seus gritos, para fazê-la gemer inteira, agitar o vazio deixado pela montanha latejante no interior que guardava em si tudo que eu nunca seria. Chutes, socos, pauladas. O corpo da Mãe a inchar. *É agora que ela explode?*

Falta é quando a Mãe resolve desaparecer inúmeras vezes, um ensaio da morte, em crises derramadas de desespero.

A Mãe sentia uma montanha tórrida mover-se nos rins. O corpo, o seu, carregava duas cavernas recheadas de cristais de tudo que não prestava. Era o que o Avô dizia ao apertar a cintura da filha e ouvir o grito estremecer-lhe o medo. As outras crianças vizinhas todas vestidas com as cores da euforia, lançavam berrinhos que confrontavam os gritos da Mãe. Eu não quis sair do seu lado. Prostrava minhas mãos no seu corpo, no lugar onde eu achava que ficavam os rins. Ela com a pele nua, suada, coberta de noite e calor.

A Avó, mãe da Mãe, lavava a febre mesquinha que espezinhava o nervosismo da filha, que estava prestes a parir uma montanha. Os olhos esverdeados repletos de vermelho e raiva diziam, dentre todos os sofrimentos abismados, que a urina não conseguia atravessar naturalmente os canais e escapar. Nem os gritos da Mãe eram capazes de abrir os dutos do corpo. Eu pensava que ela fosse capaz de milagres, capaz de mover montanhas, e ela estava ali, incapaz de ministrar alguma mágica que salvasse nossa noite e sua vida. A Avó molhava o corpo da filha, que gemia para que o filho acreditasse cada vez mais no fim da sua vida, caso as dores se tornassem insuportáveis.

Primeiro ela me mordia com os olhos abertos. Em seguida, algum tempo depois, vinha a mão, ela usava as duas, não ao mesmo tempo; então suas mãos arrancavam lascas do que eu não seria mais. A Mãe tentava mudar meu corpo com as mãos, tentava também refazer e reformular as palavras que eu tinha. Ela não alcançava o corpo da palavra. Eu fugia para o rio do outro lado da cidade. Chegava às margens e já havia escorrido quase metade da minha coragem.

Cresci com as fugas vazadas que ocupavam a velocidade dos pés sujos de terra. A areia quente na margem do rio fazia as solas dos pés vermelhos carne viva, a pele saltava das camadas do chão do corpo doído da raiva da Mãe, das marcas cheias da falta do pai, aquele. As solas repletas de fogo e brenhas do tempo. Meus passos fugidos rachados de calor e seca.

A Mãe queria me engolir. Mesmo depois de ter colocado minha bravura para fora de si, ela me queria de volta. Sua raiva queria me engolir. Ela começava com as lascas do corpo, em seguida, perseguia minhas fugas. Queria encher o corpo com os momentos nos quais eu não estive lá, por medo, compaixão e culpa. *Um prato cheio do filho que não está mais aqui.*

Pra onde tu foi?

Fui ao rio.

Fiquei com medo de não ser eu a te fazer sumir, filho.

Só uma mãe é capaz de fazer um filho desaparecer sem chances de ressurreição?

Antes de morrer, a Avó esqueceu-se de amar uma das filhas. Ela procurava a chave do portão da entrada da casa. Sabia que tinha trancado o portão. Não havia fechado a casa. Alguém podia entrar sem avisar, e misturar-se à confusão das filhas. A Avó não sabia como trancar as lembranças, nem o nome das filhas, do neto, do marido. Ela temia que as lembranças escapassem todas, e uma vez longe, fora de si, se tornassem uma presença esvaziada de passado e esperança.

Sua memória era um poço de esperança e fé; elementos aborrecidos de uma espera que ela levava no corpo desde o dia do casamento: *Casei ontem. Tenho cento e cinquenta anos. Casou há cinquenta anos e tem noventa e seis.* Não lembrava o que pouco comeu no despertar do dia. Farinha, café, rapadura. Tinha suco de caju? Qual o nome da filha mais velha? E o nome da filha mais nova? *Sei e* não lembro. Sacode a cabeça antes de levantar da rede e seu cheiro de noites mal dormidas, e as lembranças misturam-se aos pedaços de sonhos, e tudo que ela foi parece tanto com futuro, parece que nem existe. Saía a realizar costuras de sua memória estilhaçada, enquanto procurava a chave de casa.

As Tias, as filhas mais novas, vieram ajudá-la na busca. Interromperam a arenga chorada da Avó, sua mãe, e interferiram no transe do desespero da velhice. *Mãe, o portão nunca teve chave.* E sofreram juntas, diante do esquecimento impaciente da mulher, mãe das Tias, que com olhos anuviados iniciou uma tempestade de impropérios sobre as filhas esquecidas. A Avó acabou de esquecer as filhas. *Quem é essa vagabunda, e aquela, e aquela,* e apontava para as filhas mais novas. Ela saiu correndo em direção ao portão sem chave, pedindo socorro. Nunca esqueceu como se fazia para pedir ajuda. Nunca soube pedir ajuda. Lembrou, pela primeira vez, de pedir socorro. As filhas mais novas corriam atrás do cansaço da mãe a atravessar o portão velho que nunca fechava, escancarado, há anos, permitindo a passagem de tudo quanto é gente e bicho. As filhas a correrem seus passos largos e cabeças pensantes no rastro desesperado da mãe de noventa e seis anos, e o tempo aproveitava o portão aberto e visitava a história da família.

A Avó só parou de correr quando tropeçou num galho ingrato e enfiou a cara seca no caminho traçado de areia fina. E chorou. As filhas esquecidas bufavam de medo feito um bicho robusto prestes a ser almoçado, apanharam o corpo acabado da mãe nos braços e a levaram de volta a casa.

Como a gente vai entrar na casa?, perguntou a mãe das filhas esquecidas, filhas da mãe, a Avó, a minha.

Aquele portão nunca fecha, mãe.

Não sou tua mãe, vagabunda!

No primeiro dia do último esquecimento da Avó, a morte aconteceu para nós como lembrança insuspeita, chaga indesejada.

Ela esquecia tudo, nossos nomes, o que tinha almoçado. Quando tinha fome dizia que precisava ir ao banheiro, cagar. Ela nunca falava cagar. Agora falava. Falava repetidas vezes sobre uma cena passada, que parecia ter acontecido há uma hora, o dia em que ela conheceu o marido, o Avô. Só dizia aquilo o tempo todo. Terminava de comer um prato cheio de feijão com farinha, a boca temperada de branco e preto, e esquecia no segundo seguinte que a barriga estava cheia. Não comi nada hoje, e comia mais, pelas mãos da Filha Mais Velha. Vomitava tudo, o corpo rejeitava os cortes na memória. Lembrar e querer ocupavam o mesmo espaço nas suas ideias.

A Avó era só corpo, palavras esvaziadas de sentido. A palavra cagar servia como única gentileza quando eu perguntava se ela tinha fome. Ela confundia corpo e querer, fome e amor, presença e partida.

O Avô segurava sua mão frouxa, enquanto ela narrava o dia em que o marido foi embora. Nunca aconteceu a partida do marido. Talvez ela fosse vidente, pois ele cismou que não aguentava mais. Ele segurava as mãos da Avó, sua esposa, que contava a partida da família sem nome. Ela esqueceu o amor. *Eles não vão voltar? Quem são vocês? Quero cagar. Eles não vão voltar, eu sei. Não conheço vocês. Quero cagar.*

O corpo mirrado entregue à solidão da cama era uma memória, talvez a última que a habitou, apenas como visita: um café bem forte, boa tarde, mas agora preciso ir.

Morreu calada, trancada numa confusão de estilhaços de lembranças robustas e desejos inconfessáveis. Qualquer querer se tornava uma fuga. Antes de morrer, a Avó esqueceu a chave de casa que vivia aberta e morria enterrada na memória.

Eu queria que a Avó tivesse esquecido como é que se morre.

Senti a morte da Avó aos dez anos, e aconteceu ontem, mas parece uma vida toda. O tempo despedaçado e as peças espalhadas pela casa forçada a calar-se diante da ausência. O tempo não morava mais no futuro, contávamos as horas pelas dores. Cada vez que a falta apertava, o relógio exposto na sala, pendurado na parede ferida, calava todos os seus minutos, e o ar da casa pesava; nossos olhos, das Tias, da Mãe, do Avô, tiquetaqueavam a morte da Avó, esposa e mãe, assim trancávamos a perda em nós e calculávamos quantas horas faltavam para ela morrer novamente.

Ela se repetia na boca do marido, o Avô: *ela morreu ontem, às dez e vinte da noite. Ela morreu anteontem, às dez e vinte da noite. Ela morreu faz oito dias, às dez. Ela morreu há vinte dias, às dez. Ela morreu há um ano. Ela morreu. Morreu mesmo.* E o tempo avançou sobre as palavras do Avô, devorava as descrições de como era a esposa, e seus cabelos pareciam azuis quando a luz gritava seu cansaço antes do sol chegar, e seus olhos despencavam ao meio-dia e pareciam cegos até o dia seguinte, de como se conheceram e não tinha pretensões de casamento. A morte se repetia pela boca do marido, tantas vezes.

As palavras impregnavam os poucos cômodos da casa, possuíam os móveis e suas gavetas e dobras das roupas, baforejavam nos espelhos velhos, derrubavam dia após dia as telhas, que, de encontro ao chão, criavam um teto de fragmentos sob os nossos pés nus e machucados pelas faltas desabadas e cortantes de um lar arruinado. Eu pisava nos destroços da Avó para sentir uma dor que a trouxesse de volta, como um sacrifício. Pisava na falta para machucar tua morte, Vó, forçar o esmagamento, mastigar teus destroços. Meus pés sangravam; o sangue lavava o teto da casa quase inteiro no chão. E o sol peneirado pela ausência das telhas, sorrindo o riso banguela dos desgraçados, dos que nunca mais morreram de fome e não se contentavam mais com farinha e rapadura servidos em tigela imunda.

As Tias trancadas no rancor, fechadas a sete chaves que não destrancavam a entrada da casa. As portas trancadas em si e elas arrancadas do lado de fora, para um lugar tão distante do caminho de terra vermelha que as assustava. O Avô repetindo a morte da esposa. Não sabia contar, não sabia ler. Um luto prostrado ensinava-lhe ilimitado poder de contar o tempo da falta. Lia os dedos sem números, passava a apontar para as laranjas caídas, apodrecidas, no quintal da casa. A fruta que a finada mais gostava. Não enxergava números, via a esposa comendo laranja, enfiava os dedos no melado da cana de açúcar que se cozinhava triste na cozinha; a esposa varria a poeira da casa. Ele lia, contando sem saber os grãos do passado no pó acumulado nos cantos da alma, contava as colheres de pau, lendo, sem letra, que preparavam comida, quando tinha comida. Ele só sabia dizer da morte da esposa pela contagem do nada, de tudo que não existia mais em si, nas filhas, o filho morto, no único neto, a não ser a morte da mulher. Contava números vazios. Dizia com a fraqueza do corpo uma oração que redimia a culpa: *Não pude fazer nada para salvar tua doença.* Esquecimento e letra ausente foram os limites recíprocos que assolaram a bondade dos Avós, os meus, e os aproximou na primeira morte.

A Mãe não sabia nadar. Morria de medo quando íamos a algum riacho. Aquela fundura barrenta, a lama no fundo agarrava o pé e chamava-a para morrer. Eu afundava, nadava por baixo e por cima. Aprendi a nadar pela fé. A Mãe olhava entediada, deus me livre pra lá, deus me livre pra cá. Engoli um peixe cru, piaba, talvez eu tivesse seis anos pela metade. Por isso eu sabia nadar. Bastava engolir vida crescida no riacho. Ela lamentava que seus pais nunca levaram a filha a um passeio no riacho para nadar, nunca enfiaram goela abaixo peixe vivo para morrer no seu aprendizado, seu jeito de não morrer no fundo do rio.

Um dia, quase noite, numa das saídas de dentro da casa para passeios mordidos pelo cansaço do sol, resolvemos cansar a profundidade das águas do riacho. A Mãe foi pela beirada, empenhada, esticava uma das pernas para alcançar um punhado de frutinhas escuras que pendia do alto do matagal, e quase morreu na boca do rio. A vida tem dessas vinganças. Escorregou e foi parar no fundo da água silenciosa. Saí feito bicho de corpo mirrado em direção ao fundo, do outro lado da margem, remava os braços, chutava a escuridão fria da lama, os gritos engolidos pelo riacho. Eu não saía do lugar. E a Mãe agredindo o rio com súplicas, como se estivesse a amarrotar o rosto das irmãs com seus gritos. Não quero morrer sozinha, filho. Morre comigo.

O corpo da Mãe afundava, sem resistência, entregou-se ao morrer, sem luta. Em casa ela gritava muito, talvez fosse fome, alguma, e ainda havia comida em casa. Dentro d'água, ela era corpo entregue.

Cheguei ao seu grito afogado depois de nadar o riacho inteiro, sei lá quantos anos cresci naquela distância. Esbarrei dentro d'água com o corpo da Mãe. Não consegui arrastá-la do fundo do rio, erguer sua desistência de parcas bolhas, arrancá-la da boca da água que pedia sacrifício.

Consegui levá-la até a beira, não sei como. Só fechei os olhos e chorei. Os olhos da Mãe fechados, a boca engolia um riacho escuro. *Que fome é essa, mãe? Volta, não me deixa aqui no meio do nada, só árvore calada e sabiá cantava agouro. Não me deixa aqui sem morrer todo dia um tantinho mais com tua presença.*

Enfiei a boca no corpo da Mãe, a minha língua desarvorava a respiração afogada. Vou beber esse rio, matar a sede que não quer deixar a Mãe fugir. Boca a boca. Um beijo. Ela tinha gosto de meio do nada, a boca macia, a partida molhada. Antes de salvá-la, olhei o seu rio doente, a língua, um peixe morto. Tentei engolir o peixe nela que não se mexia. Talvez eu aprendesse a fugir, sumir no corpo da água, nadar aquela distância sem resistência, infinita. *Se eu engolir o peixe morto da Mãe, aprendo a caminhar para cada vez mais longe.*

Ela acordou, chorosa, derramava-se seca, arrependida. Eu, rio.

Em casa, ela já seca de rio, começou a reclamar que a culpa foi minha. Dizia também que tudo ia ficar bem. Abraçava meu corpo ainda molhado. Eu não parava de ser rio.

Os Avós tinham temperado o desespero com pó de café e pão fresco. Entalados com a insuficiência da filha de ser mãe e do neto de ser pai aos oito anos. Os oitenta anos e muitos séculos antes deles sossegavam a turbulência desembaraçada da filha, que na minha idade queria crescer e ser tudo, menos mãe.

Eu comia qualquer coisa que encontrava pela frente. Se houvesse o que comer. Eu preferia peixe. Se não havia comida, engolia palavra. As palavras amargas das irmãs da Mãe, as palavras veludo-secas-no-talo dos Avós, e as montanhas esculpidas pela história vencida da Mãe, a minha. Palavra do Pai, o meu, não tinha. *Quando alguém nunca esteve lá não fez nascer palavra, que sentido é que se carrega, se o Pai sempre me foi dito e narrado pela Mãe? É palavra ao avesso?* Se for inventada, continua a ser sentida?

É meu o filho, tu. Meu filho. É meu filho. Meu. Meu. Meu filho. Uma parede, Mãe, entre nós, a cada filho dito teu que eu não sou, que não consigo assumir. Prefiro sumir fora da casa. Mas tu sempre vai ser Meu Filho.

Meumeumeumeumeumeumeumeumeumeumeumeumeumeumeumeumeumeumeumeumeeu. Vou fazer essa parede ruir, Mãe. Como a casa. Destroçar teu amor que se apossa da minha liberdade devastada. Quero ruína para o filho que sou, e esmagar teus meus que nunca serão teus de fato.

A segunda morte foi a do Avô. A morte da Avó, sua esposa, ensinou a velhice a amarrar a força de um nó impossível no galho da goiabeira, subir na cadeira deslocada da mesa de jantar, enfiar a cabeça até o talo do pescoço e jogar-se num abraço sufocado que o levou aos caminhos do silêncio. Foram seus últimos passos, os pés pendurados no corpo, tremendo, espasmos acrobáticos, como se dançasse desengonçado, como se o corpo risse uma gargalhada desajeitada, como quando ele me ouvia cantar uma música que falava de partida sem regresso e saudade.

Os últimos passos do Avô foram um voo parado no ar que aos poucos deixava de vibrar até que a morte amansou o bicho faminto que teimava não deixar que morresse. Eu vi o bicho escapar do seu corpo como merda, escorrendo pela perna abatida de doença sem cura, pingava e criava uma poça de merda. O bicho que mordia o fim do Avô foi ajuntando-se sob ele, confundido com a sombra cravada do meio-dia. Os olhos vidrados do corpo varavam o ar quente à sua frente, e feriam o tempo. A boca escancarada, a porta aberta, a chave que nunca foi encontrada, e recebia qualquer visita, recebia visita de uma comunidade de moscas varejeiras que plantavam seu destino na boca do corpo. O tempo ferido pelo seu olhar mudo deixava escorrer alguns dias, talvez dois. Dois dias inteiros escapavam da morte da velhice apodrecida.

O corpo girava com a fraqueza do vento. O bicho escapava derretido em merda e larva, pingado. Já devia ter acabado. A tua morte devia ter acabado. Quando essas mortes acontecem, não deviam durar tanto. Ele estava ainda ali, cadavérico em seus giros sobre o próprio eixo, cadente, até a morte já cansada de esperar.

Cheguei e vi a morte escorrendo. Fedia. Não parava de escorrer do corpo do Avô.

Começou a chover, uma raridade. O sol ainda aberto, quente, e a chuva meio ácida e muito clara enchendo a boca roxa do corpo a afogar a morte, os dentes moles da água roendo as beiradas murchas de sua velhice. A chuva inesperada afogava a morte do velho. A chuva lavava as lembranças da Avó que escapavam do corpo do marido. O chão inundado do mau cheiro de morte e lembrança. Eu sabia nadar e escolhi não espernear os braços, esperei ser arrastado pela súbita e voraz enxurrada que abatera minha infância naquele meio-dia sufocado.

As Tias olhavam de longe meu corpo molhado na claridade do dia prostrado de frente ao corpo suspenso do Avô, com a boca aberta minava varejeira afogada e água limpa, o galho da goiabeira pendendo. Elas amontoavam-se em tristeza, enquanto a Mãe, a minha, restava trancada no quarto, rezava ainda pela morte da mãe, a sua, a Avó, sem saber que renovaria em breve suas maldições contra deuses e santos. As filhas perderam a mãe, esposa do pai, o Avô, o meu, eu, o filho, que só sabia ser Filho, prestes a enxergar além da morte e do amor sacrificado. Não existe mais nada além de amar e morrer.

O corpo úmido da morte do Avô foi levado embora; uma multidão de homens resmungões, os vizinhos, levou o corpo embora, mas a morte ficou ali, nascida todos os dias, brotava inquieta e violenta.

Com o fim da chuva, uma varejeira sobrevivente pousou dentro do meu ouvido, rápida e precisa embrenhou-se pelos sons que me habitavam, e plantou a morte do Avô no meu corpo. Se aquele bicho crescer dentro, a morte do avô contaminará meu corpo, apodrecerei daqui a alguns meses, ou dias, ou daqui a uma hora, e então renascerei pela morte brotada do Avô, pela lembrança infiltrada da Avó, pelo ódio arraigado das Tias, e o amor sacrificado da Mãe. Ela quer fazer nascer em mim o tempo do Avô. Fazer do meu corpo o espaço que abriga uma morte que acontece todos os dias, desde ontem. *Se esse bicho nascer em mim, já posso me chamar Mãe?*

Expulsei a mosca com um tapa na cabeça, e o zumbido fugido levou o bicho escapado que apodreceu a morte do Avô.

O morrer da Avó repetiu-se em revoluções infinitas pelas estruturas carcomidas da casa, nas paredes vacilantes da autocomiseração da família. O Avô tornou-se a porta resistente entre o mundo fantasmagórico do passado da esposa e o futuro culpado, martirizante dos rumores filiais. Os atos do homem-pai faziam renascer nas filhas os acidentes maternos que nenhuma delas viveu, exceto a Mãe, a minha, e a Avó, mãe delas. Nenhuma delas abriu o choro do corpo para ver nascer o desespero bebê de uma criança que era bicho, e seria monstro, indesejado, e concreto, ali, um pedregulho que a puta carregava no ventre naquela procissão de ofensas e equívocos.

A Avó morreu dez anos depois do meu nascimento. O gemido tremido e sem palavra do fim da Avó deu voz a um ódio renovado das filhas, as Tias, contra minha mãe. A morte da Avó queria afastar a presença da Mãe, a minha, anulá-la como mulher e condená-la como portadora da desgraça. A ausência a escrutinar a possibilidade de afastamento.

Fechadas a sete chaves, as Tias trancavam-se em rancores fruta-do-mato, daninhas, velozes.

O Avô espelhava as coisas do mundo com o que existia dentro de si, algo que existia de um tempo anterior a ele (e que era palavra desde seu pai, o avô, e o bisavô, até o primeiro nascido da fundação da família) ou algo inventado que sequer existia. E existia, sim. Não era mentira, e sempre foi verdade tudo o que ele inventou. Foi assim que ele começou a tentar inventar também o pai, aquele, que era meu. Encontrar o pai, aquele, um dia, era possível no entendimento do Avô, que não sabia escrever algo maior que a lista do mercadinho (farinhaaçúcarsalcafégofarinhaaçúcarsalcaféfomeindoemborafarinhaissonãoémaisfome) ou bilhete pedindo socorro, e segurava minha mão para ajudar a nascer palavras, as minhas, que ele não sabia escrever, numa carta ao pai, aquele que nunca entrou em casa e encheu a Mãe, a minha, de um jeito de morrer.

Escreva aí: *Pai sinto sua falta nem te conheço e sinto sua falta quero muito te conhecer assinado o filho, o seu.* O Avô ensaiava riso meio céu empesteado de urubu.

A Mãe, as letras e seus ossos fracos de não saberem dizer o nome que a fazia ser gente, lia e rasgava o bilhete com vírgulas e pontos; depois refazia tudo numa folha limpa. Ela dizia: É que minha letra é mais redonda. E escrevia uma carta gigantesca, maior que meu corpo aos seis anos. O Avô torcia a boca, consternado e trevoso, as palavras todas caladas na mão da Mãe, a minha, sua filha.

Eu não sabia dizer se aquele fogo todo correndo dentro dela era raiva. Ela saía de casa e voltava entorpecida. Tinha uma das pernas seca, meio morta: a Mãe não tratou direito a doença que matava criança, então a doença mordeu a perna direita e eu escapei. O Avô andava cambaleado, mesmo em dia com o corpo saudoso de cachaça, uma embarcação velha a balançar num mar calmo, livre de risco, à deriva, o mar que desconhecíamos eternamente, o mar que conheci uma única vez, e parecia uma estrada gigantesca, inquieta, calma e longa, longe, impossível de tão comprida, o céu emborcado e feroz mesmo assim.

Toda estrada é funda como o mar, Vô?

Não sei, filho, não sei!

Ele me chamava de filho para dizer que não existia saída na casa, na cidade, no mundo.

Quando a Mãe calava a disposição do Avô de me ensinar a escrever para o Pai, o meu, a minha falta, ele bebia cachaça. Saía de casa e voltava barco valente dentro de uma tempestade revolta, os passos engasgados nas pontas dos cacos da casa arruinada. *Vamos escrever pro teu pai.* A Mãe calava a autonomia de sua desobediência, engolia a noite seca goela abaixo, e presenciava a Avó, sua mãe, rabiscar uma carta na qual meus seis anos inventaram a saudade do Pai e abraçavam a saudade que o Avô sentia do seu pai.

Vô, qual o nome da lembrança que parece medo e alegria quando as palavras te faltavam e tu me ensinava a fazer sentido?

Tem resposta e nome para tudo, Vô?

Se eu disser teu nome, que é o meu, mas mais velho, haverá tropeços nas pronúncias do mundo, porque vim muitas heranças depois, alguém vai embora só depois que a velhice matar todas as faltas e sumirem com as horas do corpo?

Se eu repetir tua falta no corpo, aconteço renascido?

Ausência é quando o pai, aquele, nunca esteve lá. Nasci, abri os olhos, a Mãe perguntou É menino ou menina? o médico disse É menina, e ela deu um grito agudo, parido, prenhe de um terror-filho-da-puta. E o médico disse, jocoso, assim que ela acordou É brincadeira, é um bicho. O namorado dela não estava lá, então fomos para a casa, eu, ela, a ausência do homem que era o pai, aquele, os Avós, num ônibus lata velha que gritava tristeza e fim. Em casa, o restante da família esperava o filho da puta que tinha acabado de nascer.

Com a morte do Avô, as Tias passaram a ser uma loucura implacável e palpitante a bombear seu rancor agreste em todas as direções da casa esfrangalhada, as acusações percorrendo o apodrecido nervo da nossa tristeza. As telhas continuavam suas quedas e a sujar o chão de teto, farelos de barro mastigados com os nós dos pés fugindo das acusações das Tias. A Mãe era o alvo; a mãe delas, a Avó, vista como a morte equivocada. Elas diziam que sua mãe poderia ter vivido até cento e vinte anos se não fosse pelos desgostos afetivos da puta da família. A Avó morreu aos noventa e oito anos. O tempo cansou da vida da mulher mais velha da família. O tempo até reclamava *Essa desgraça não vai morrer nunca?*

As Tias, uma delas a mais velha; as outras, sombras. O tempo morava nos ossos de sua raiva. Eram três, as Tias, as duas que chegaram antes preparavam o terreno do rancor desmedido, que se infiltrava na sombra precisa da irmã mais nova, a Mãe, a minha, e repetiam-se nos atos, ditos e feitos.

E a Filha Mais Velha dos Avós, os meus, cruel, acusava a puta da família, e o filho da puta, de terem preenchido os anos de sua mãe, a Avó, de areia seca que não sustenta alicerce, e se desmancha, escorre pelos ossos, entre os dedos, e mistura-se ao que existe de insustentável e pesaroso no mundo.

Ela corria atrás de mim com os olhos sem mover-se um centímetro. A presença da Tia Mais Velha anulava nossas demonstrações controladas de saudade. A morte da Avó não podia ser chorada por nenhum de nós, pois a exaltada consternação das Tias nos trancava na falta implacável da Avó, sem chances de fuga. Era quando se tornavam uma só, amontoadas.

Presos ao cativeiro de um luto violento da Tia Mais Velha, essa filha não podia fazer mais pela morte da mãe a não ser acusar os sobreviventes do desastre de ter impedido a velha de noventa e oito anos de viver uma impossível juventude eterna.

Corroída pela dor, primeiro o corpo iniciou-se nas recusas de roupas absorventes de calor. A Tia Mais Velha dizia que qualquer tecido incorporava-se à pele queimada que era sua e doía ao tentar arrancar a estranha aderência que se apoderava da vida de sua superfície. Alguns vestidos da mãe, a sua, a Avó, a minha, haviam também se fundido às estruturas da tia; tantos tecidos chegavam ao corpo, mergulhavam pele adentro e agarravam-se aos ossos, uma doença que a vestia ao avesso com as roupas da mãe, a sua, um verme faminto na alma ressentida. Oito dias depois das reclamações da Tia Mais Velha, seu corpo pouco se segurava em pé, mais pela fome, alguma, já de partida, que pelo peso de todas as roupas da Avó, sua mãe, que ela encontrou no guarda-roupa e deixou-se possuir. Encorpou as superfícies choradas do corpo, além dos três vestidinhos de renda, e seda, moídas, a saia de linho velho, os rosários, os penduricalhos de palha seca e morte e madeira cheia de tosse do tempo, dois sapatos pesados de tantos caminhos; começou a engolir as raríssimas fotografias guardadas nas gavetas da mãe: o filho morto no caixão, o dia do casamento e o santo padroeiro coberto de rosas vermelhas, tudo em tintura e cor.

A Tia Mais Velha engoliu as bolinhas de naftalina que afastavam as baratas das gavetas, e engoliu as baratas que resistiram; picotou as cartas da mãe que narravam os últimos dias do único filho homem morto por uma doença sem nome, as letras todas inventadas, a história toda mentida; a Tia Mais Velha engoliu quarenta folhas de cartas desletradas a contar o pouco que a mãe, a sua, sabia contar escrita sobre a herança da família, de como era ser filha de uma mãe corcunda e faminta e de um pai valente sempre com chicote na mão. Ela engoliu os dizeres chorados da mãe, mastigou suas calcinhas enormes, sujas de seus últimos dias de espera no corredor do hospital, engoliu os santos de gesso que ocupavam os destroços do altar improvisado no canto do quarto; a Tia Mais Velha mastigou as chaves das portas dos quartos e gavetas, e fazendo o sangue gritar de dor engoliu a roseira morta que a Avó, sua mãe, plantou no dia do seu casamento. Tudo que era lembrança e cheiro e falta a Tia Mais Velha enfiou dentro do corpo, pela boca, que não parou de sangrar até a ambulância, a única da cidade, chegar.

A mulher, antes de morrer cheia da morte da mãe, tentou mastigar e engolir a luz vermelha estridente da ambulância. Abriu a boca com sangue seco e ficou lambendo ar quente; esperava o corpo absorver a salvação urgente que a resgatava, em vão, do transe colérico e da loucura, jornada, que amolava o infinito do corpo nascido da morte da Mãe, minha avó.

Por último, já no hospital, a loucura da Tia Mais Velha arrastou o corpo entupido de saudade até um santuário silencioso na capela dos fundos, onde as missas realizadas pelas beatas nunca salvavam a doença de ninguém. Ela escapou da atenção da enfermeira, a única do único hospital da cidade. A Tia Mais Velha subiu no altar e sentou o cu na cabeça da santa, a mesma que foi incapaz de salvar a mãe, a sua, minha avó, e sentiu o corpo de gesso pacificar as dores agarradas a todas as camadas de pele, osso, tecido, baratas, pé, mato, terra, sangue e saudade suja de morte.

Aprendi a afundar as faltas incansáveis no quintal da casa. Enfiava os choros fantasmas que enchiam as rachaduras da casa desmoronada, pouco a pouco, e soterrava os lamentos que já morreram.

Afundei as lembranças da Avó, que lamentou o casamento com o homem afável que ela não pretendia seu, e abriu-se ao futuro, numa casa inchada de mães renegadas, e nasceram três meninas, choravam o desgosto da mãe, e cresceram mulheres, tornaram-se secas, e a mulher, agora mãe, pariu mais uma, a puta, a única que também se abriu ao futuro, e engoliu mais desgostos. Casou-se. A esposa lamentou o casamento com o marido generoso, abriu o próprio malquerer comovido e fez nascer três mulheres e um homem morto por uma doença sem nome, e com o útero carcomido, jogou para fora, aquela esposa que era minha avó, mais uma mulher, a puta, que nunca mais foi esposa de ninguém, mas pariu, depois de um beijo e mil promessas; pariu uma ilusão descascada e úmida, e uma partida sem aviso prévio. Parir fez nascer-lhe o futuro que não conseguia deixar de ser fundo. O útero desmoronava. Não sabia útero como útero: era um quarto amuado, mofado, dentro de si, e um grito ecoando a pedir sacrifício. O corpo fez a primeira, a segunda, a terceira mulher como ela: capaz de vértebra, parede e descrença.

A criança já vem com casa dentro, Mãe? Como é que eu faço pra matar a casa que acontece em mim?

A Avó, a minha, casou seca de amor pelo homem, o marido. Afundei o choro da Avó, a secura do ventre das Tias, a aridez do corpo que tinha eclipse nas entranhas. Só a Mãe cuspia explosões solares da intimidade e foi assim que fez milagre com a luz do corpo. Foi o calor das mães, avó e a minha mãe, que acendeu meu nascimento, o canto do corpo onde nasci, o pedaço de casa que aprendi a despencar no corpo. A puta, a única capaz de milagre. Afundei o milagre da Mãe, a casa, na boca; e a alegria dos avós, os meus, quando brotei do corpo da mãe. A mãe que a Avó era ensinou a minha mãe a repetir bondade oculta, enquanto as outras filhas trovejavam a escuridão seca de um buraco duro. Afundei com violência a avó que não queria ser mãe, e foi; a mãe que queria ser esposa, e não; as Tias que queriam ser mães, e nunca; afundei o choro assombrado da mãe que queria ser mulher para ser boa esposa, para ter homem, que não queria um filho; se era para ser mãe que fosse um menino, para ser homem, seu homem, como o que não casou consigo e fugiu, deixou rastro de abandono e casa vazia.

Afundei meu nascimento no corpo. Afundei a falta do pai, contaminei meus pedaços de ser gente com frangalhos das tristezas maternas que moravam na casa, descontentes, as mães da casa, com seus ventres à espera de homens impossíveis, os seus. O corpo das mulheres despertencido, vazado, as máculas ensinavam a partir, e elas, lá, ficavam, ficavam, ficando, despedaçadas.

Enchi os vazios dos olhos com os desaparecimentos sufocados que arrastavam o caos para fora de nós. Embora, eu precisava assumir a distância para fora, ir embora; e o caminho era todo passado. *Criança não sabe partir todo dia, filho, criança nasceu para ficar dentro, para sempre.*

Afundei a família com o desmoronamento que meu corpo é incapaz de deixar nascer.

A mulher ensinava como as filhas deviam ser boas mães, inclusive as que não traziam consigo milagres. Tu precisa ter um homem, uma casa, e um filho que seja homem e casa, filha. Minha filha, tu precisa ser minha filha, e ter uma casa, um homem e um filho que seja outra coisa; se for mulher, vai aprender a ser mãe. Todas as mulheres antes dela foram milagreiras, tanta gente no mundo pelas suas mãos, povoada uma comunidade. Nem que seja para morrer no corpo, é importante ser mãe. É mãe também mulher gestando a morte da criança, parindo choro de criança morta. A saudade escorre do peito para alimentar o filho que não está ali, no colo, é uma noite fria e densa. É preciso aceitar o corpo feroz do marido que quer salvar a morte do filho a embrenhar-se pelas dores da mulher, e estoca com força aquilo que sabe, que não permanecerá com ela, e estoca para dentro do corpo chorado da mulher sua fuga em silêncio. Não diz nada, só geme. Até que um milagre aconteça e os caminhos voltem todos para o começo.

A Avó ensinava como as filhas, minhas tias e a Mãe, a minha, deveriam ser boas mães. Só a Mãe trazia milagre no corpo. Eu seria um homem que salvaria uma mulher e transmitiria a glória daquela bênção. Se eu era uma bênção fulminante de uma família de céu despencado, como os desejos insoletráveis que me arrancavam pedaços não procuravam a noite do corpo de qualquer mulher? Onde aprendi a esperar estocadas cavadas e pelos grossos que injetavam em mim um milagre fajuto, capaz de transformar a mulher que eu não era em minha própria salvação? Os meninos mais velhos diziam *Tu não é mulher e serve, bichinha*. E serviam-se de mim, todos quietos no segredo encarnado que me afundava no quintal da casa.

A Avó, todos os meses, carregava a imagem do santo padroeiro pelas ruas da cidade, até a casa destino da semana que receberia a bênção da imagem. Uma redoma de vidro, assemelhado a uma lamparina e sua proteção, engolia o quadro com a imagem da santa do tamanho do corpo do filho que morreu criança, tão crescido dentro dela, o filho e a morte, o milagre da santa. Ela fazia isso há vinte anos, peregrinava todos os meses pelas casas das beatas, num ritual de ressureição através do sacrifício: pés descalços consumidos pela quentura do dia que não parava de arder, anestesiada de letargia santificada, ao encontro de mulheres de fé melancólica e a língua ferida de ladainhas e resmungos sobre os homens que não voltam, para depositar em todas as casas da cidade um pouco de salvação e resgatar a presença do filho a recitar clamores desolados na hora do café e do acordar das galinhas. Entre um choro e outro, café, comida, gritos, clamores, orações com cuscuz, boca cheia de farinha, os dentes preenchidos com a dor adocicada de uma mordida em rapadura, e o suor escorrendo nas dobras sujas do corpo. E o caminho da fé apontava para trás.

O meio dia chegava alucinado, batendo com suas rajadas de sol a pino na letargia das mulheres, que acordavam em transe e preparavam-se para partir. E partiam. Levavam minha avó pelos braços, catatônica, a morte do filho mordida nas juntas do corpo, impossível de mover-se do futuro da Avó, a minha.

Depositavam, as mulheres beatas, a Avó, a minha, na sala minúscula e caída da casa; a noite já havia chegado primeiro e tomava escondida goles tristes de silêncio. A lua bocejava preguiça. O corpo da minha avó petrificado, crateras de vida estagnada. Nada a acordava. Nem os gritos do Avô, seu marido, o meu. Meus beijos e abraços insistentes não moviam a rigidez invencível de seu sacrifício. Ela não se deslocava daquele lugar guardado em si que ela inventava para o filho. Talvez estivesse lá agora, numa conversa com o filho morto, a questionar se ainda demoraria muito para ele voltar, e viver para ela.

Primeiro a Mãe, a minha, mordia com os olhos abertos para se defender das mulheres da casa. Os grandes dentes afiados do seu olhar bufante; a valentia vinha pelos olhos. Espalhava-se pelo corpo a raiva da Mãe. A raiva era bicho dentro dela. Deve ter sido assim que nasci: um tipo de ódio ou rancor explodiu no corpo da Mãe, tomou conta da sua humanidade, começou a surgir como sinal de que ela não tinha qualquer saída, e cresceu enquanto ela não engordava uma grama sequer. O corpo tentava expandir os desentendimentos que roíam as vontades da mãe de sucumbir. Agora tenho um arremedo de pernas, tronco, olhos borrados incapazes de enxergar o que há dentro da Mãe, sinto o mar árido (sei que é maciço porque sinto lavar-me a casca lisa, longe de ser pele) roçar sobre mim. Mais que isso, repito tudo que uma mãe é, sou a Mãe também.

Ela dizia, com os pensamentos sem voz que alteravam a composição do corpo: *Isso aqui é um monstrinho, um bichinho, que deve ser igual ao pai.* A Mãe me tomava como cópia do pai, aquele, atribuindo-me poderes: um ser capaz de partir sem morrer, ressuscitar a vida perdida da mulher julgada, restituir-lhe o lugar de Mãe-que-não-quer-ser. Como se eu pudesse resgatar-lhe a dignidade ofendida com um desaparecimento mágico da substância que eu não possuía.

Eu vi um dedo com pinça de ferro aproximar-se, meus olhos capazes de absorver toda a escuridão que o corpo da mulher continha. Ali, aprendi a ser noite. O gancho catava meu corpo. Fugiu ao me ver ser bravo e lutar agarrado ao fio de vida que me conectava à Mãe, que apagou suas decisões trêmulas ao acordar em algum lugar distante da casa do Avô, seu pai;

um lugar espaçoso, que a fazia chorar rios de descontentamento. Um espaço apodrecido de tantos bichinhos como eu, anoitecendo todos os dias.

Nasci com a morte não acontecida que a Mãe planejou. Ela pensou *O bichinho não morreu. Não, Mãe, eu morri sim. Tem coisa pior que morrer para não viver nas mãos de uma mãe? Olha como eu nunca fiz parte da tua vida. Tem jeito pior de não ser?*

A Mãe não realizou a minha morte.

Ontem, eu tinha aprendido a amar. Tinha sido ontem que os meninos mais velhos ensinaram-me a amar, através da língua lavava o sujo de seus corpos, gota a grito, todos juntos. A roupa rasgada com gestos bruscos, o corpo arremessado no chão do quintal da casa do Avô, o meu, dentro da noite, que não ousava contar para ninguém. E o mijo de todos os meninos mais velhos correndo para dentro dos meus olhos e contaminava o rio de choro que nunca deixei escapar de mim. Não chorei. Engoli todas as gotas que pude. Eu queria ser a coragem daqueles meninos e me transformar em pelo, músculo, voz e força. *Mãe, eu engoli tudo o que aqueles homens são, talvez eu consiga agora te salvar.*

Eu estava ali, minha ridícula incapacidade plantada ao lado do corpo da Mãe, cansado para resgatar sua saúde. As dores da montanha que explodia em seus rins atravessavam todos os nervos da Mãe. Tive medo que seus dentes se despedaçassem com a força gasta para morder as palavras malditas proferidas pelo seu desespero.

O circo havia chegado à cidade. Horas antes, palhaços e malabaristas andaram pela única rua montados em dois jumentos e um carro velho pintado como um elefante encanecido. Com um megafone rouco, convocavam crianças, velhos e as donas das casas para o espetáculo.

Eu não podia sair de casa. Ao mesmo tempo em que eu queria salvar a Mãe, pretendia ainda vê-la parir a montanha nascida nos rins. Se ela morresse, eu seria o quê após aquele nascimento, eu seria o quê com a morte daquele corpo? Eu seria pai da montanha que viria a ser expurgada do corpo da Mãe, feito um demônio?

O Avô, seu pai, trouxe um chá com cheiro de esgoto e carne podre. Escuro, uma poça fumegante de talinhos de casca de madeira amarga e quebra-pedra. E mel. *Bebe tudo, filha*, ele sussurrou para a filha, e pôs as nossas mãos sobre o corpo dela, as minhas mãozinhas ossudas e trêmulas, geladas, dentro de suas mãos carrancudas e resmungonas.

A febre da Mãe escondeu-se no rio de suor que escorreu até a última gota. O seu corpo solar expulsou a doença, e a montanha que seria filho desmoronou no seu interior. Eu a vi vomitar fluídos pantanosos, os olhos reviravam-se num transe alucinado, os braços em ângulos impraticáveis como se o seu corpo tivesse sido lançado da mesma montanha que crescia dentro e se espatifado na concretude do impossível. Ela dormiu, gemendo quebrada em seus tons de desesperança. Não fui mais ao circo.

Foi a força sugada do corpo dos homens que a salvou, pensei naquele dia. Foi o amor ávido que lambe empenhado a substância dos homens dispostos à maldade e ao amor que destruiu a sua morte, e o nascimento da montanha.

Eles, os homens, voltarão qualquer dia desses. Quero aprender a salvar a Mãe, a minha, mais vezes.

Falta é quando as irmãs da Mãe, as Tias, as minhas, a chamam de puta, quenga, ordinária, mãe solteira. Ausência é quando eu me tranco no canto do quarto para não ver palavra afiada rasgar a alegria da Mãe.

Ela contava a falta do pai, aquele, nos dedos. Com os calos causados pelo atrito das contagens repetidas durante anos, ela pedia emprestados meus dedos e calos. Não sabia contar com todas as certezas dos números. Lua, sabíamos que só existia uma, como um sol. Estrelas, vixe maria, era um mar de estrela cravada. E no mar mesmo, água e sal, era coisa sem fim. *E dores, Mãe, a gente conta?*

Vinte dedos passaram pela falta do pai. Depois vinte e cinco, trinta dedos. Eu beirava treze anos e nada do pai, aquele. Chegou o dia em que contávamos a falta do Pai, o meu, com tudo o que existia em nós. Quando chegamos ao cu, ficamos os dois sem saber o que fazer. Perdidos naquele infinito inocente trancado no corpo que só eu entendia o jeito de ser. Muitas vezes pensei se a Mãe chegou a acreditar que meu pai estava escondido em mim, no fundo, e como ele teria ficado tanto tempo guardado.

Tu é a cara do teu pai, tudo em ti é parecido com ele. Sempre com essa cara de cu, diabo!

Os gritos da Mãe corriam para trás, para encontrar os modos de resistir que ela não sabia mais seus. Grito empoeirado, quebradiço, fraco. Seus gritos tinham a minha idade, mais a sua idade, mais todos os dias vividos pela sua mãe e seu pai, os Avós, os meus, a herança dos pais dos meus avós, avós da Mãe, a minha, e das tias, filhas dos pais. Os gritos dessas mulheres são meus ancestrais mais sábios e também infelizes.

As Tias confusas dentro do corpo repetido de histórias que elas não sabiam contar. O rio de despedidas limpou a população de afetos impossíveis naquela família. A morte da mãe, a Avó, a minha, abriu uma cascata de aborrecimentos entre si, dentro delas. As Tias nunca foram mães, os ventres secos, carcomidos, não foram capazes de gerar nem bicho, como o corpo da Mãe e da Avó, as minhas.

Elas queriam que a minha mãe jogasse fora meus primeiros mergulhos em seu corpo, quando a Mãe trouxe a notícia absurda de que eu surgia dentro, queriam que ela deixasse escorrer para fora o rio tóxico de pequenos seres afogados a boiar. Elas queriam me ver com o ar perdido, a pedir fôlego, fora da Mãe, a boca miúda abre-fecha a gritar socorro animal, sem palavra a ser entendida, só com o movimento da finura dos lábios, o risco fino dos olhos, a pele transparente e as veias de sangue da Mãe correndo em mim.

A Avó pôs-se a defender a filha. *Eu também quero essa criança. Se for bicho, a gente cria feito um.*

A montanha que se avizinhava a mim no corpo da Mãe estremeceu muitas vezes com os gritos das irmãs que vociferavam impropérios grotescos, a potência da voz maldita, capaz de transformar nascimento em sufocamentos. A montanha em seu corpo abriu primeiro uma fenda discreta de onde se via uma luz; lá, a mãe guardava as poucas gentilezas gastas incapazes de serem vividas em casa, e mijo. A Mãe não mijava sem que lhe doesse o corpo e a montanha lacerada, que estremecida, permitiu a fenda clara abrir-se na estrutura gasta de sua impossibilidade. E pedregulhos rolaram de sua intimidade, ela gritava, e a fenda partiu seu corpo, de cima a baixo, foi de onde eu nasci: da escuridão e da balburdia vociferada da Mãe, das Tias e da Avó, as minhas. Meu corpo inesperado e frágil sob pedras nascidas na mulher.

Os sapatos da Mãe encontravam-se no fundo do guarda-roupa, que morava no quarto, que era sala antes da noite acordar. Qualquer visita atravessava a intimidade transformada onde vivíamos. O guarda-roupa, miúdo em seus pós antigos, era esconderijo. Os gritos habituais das Tias contra a Mãe empurravam-me para o interior mofado do móvel. Numa das discussões, mais uma delas sempre calejadas e repetidas, corri para me esconder.

Seus sapatos perdiam-se concentrados no coração do guarda-roupa. O céu revestido de madeira e tecidos coloridos, peças caladas em seus remendos dormidos, a vergonha adormecida no corpo da Mãe; linho vermelho e suas línguas finas esvoaçadas na escuridão do móvel, acima da minha quietude, os vestidos rasos e longos faziam-se nuvens, no céu do móvel, o guarda-roupa, aquele esconderijo, e por toda a casa, os gritos das Tias avançavam sobre a irmã. O céu, uma mulher amassada e barata, pronta para desarrumar a imensidão desesperadora da casa, da família.

Dentro, o escuro mordido pela nesga de luz que assanhava o dia, valente. Os sapatos vermelhos traziam os gritos das mães antes dela, todas as histórias despenteadas e gastas, enrugadas e tristes, da Avó, a minha, das avós, as suas; os sapatos vermelhos traziam um caminho longo consigo, e o tempo acumulava-se em passos trancados no guarda-roupa. As bocas suculentas dos sapatos engoliram meus pés. Deixei meus passos parados descansarem nos vermelhos terrenos dos passos da Mãe. Eu lembrava bem de quando ela os calçou pela primeira vez, antes do pai, aquele, ir embora, antes de eu nascer. Eu não existia, e sei de tudo, quase tudo que aconteceu na sua vida. As Tias gritavam tanto putaquenãovalenada e teciam a história das vidas que eram da Mãe, e todas as vidas que nunca a pertenceram: *escrota, odiosa, purulenta, imunda, velhaca, péssima mãe, bruxa, vagabunda, bêbada, escrota, beco sem saída, fim de estrada, o fim do mundo, tu ainda vai acabar com a vida desse teu menino.*

O menino é teu e vai morrer contigo. A casa trazia em seu ar cansado as histórias da Mãe e de tantas outras.

A Mãe conheceu o pai, aquele, numa festa, na cidade maior que a nossa, onde havia semáforo, trânsito, carro, farmácia, formavam-se filas na porta dos bares, e gente bêbada. Ela o conheceu na fila de uma festa. Dois dias depois, um núcleo obscuro de amor inventado e frustração assustada girava dentro, possuindo as células do corpo culpado, catando cada fragmento que a fazia caminhar em busca do homem, aquele, procurando resposta sobre onde teria surgido a desistência, gritar consternada pela renúncia masculina, e chorar. Os alimentos cheios de sol e terra vermelha nutriam o cansaço da Mãe. E o núcleo, que ainda não era eu, roubava cada parte dos nutrientes. Fui alimentado na dor, desde o começo do fim da casa.

Aquele também foi o último dia em que ela calçou os sapatos vermelhos, que continuavam calados sob meus pés miúdos, a mastigar os caminhos que não eram meus. Um mundo macio dentro deles, história velha. Eu sentia medo, um arremedo de tristeza capenga, mancava, dizendo sem palavras que aquilo era tudo mentira e errado. E o primeiro passo dado, trancado no guarda-roupa, foi um jeito de começar. Não consegui me erguer, e nem sair pela casa como as mulheres da casa faziam. Os sapatos tinham a altura de um fiapo de calçada, um fiapo de telha de barro; os sapatos possuíam a altura da casa desmoronada, se no chão estivesse.

Tirei o sapato do pé direito e cheirei os passos da Mãe. O passado dos seus caminhos, o cheiro de rio morto e a tristeza do tempo estavam na lembrança trancada em segredo. Ela guardou a memória nos passos que nunca mais deu.

Não quero saber de homem nenhum. Deus me livre. De homem agora, só você, meu filho. Meu.

Lambi o revestimento vermelho que cobria a forma do calçado. Eu tinha ânsia, ou era outra fome. Lambi o vermelho da derrota dos passos para trás da Mãe, aquilo que vez ou outra a levava para longe. Lambi, chupei. Iniciei as mordidas, suspenso no fundo do guarda-roupa, para engolir os seus segredos, e todos os passos vencidos que a levaram a lugar nenhum, que a levaram a mim, que a levaram à minha chegada. Meu corpo permaneceu fascinado, úmido, a cada mordida que o sapato que não se desfazia recebia da minha fome.

O barulho dos gritos cessou do lado de fora. As irmãs e a Mãe, as minhas, calaram as ofensas e ameaças.

Depois de engolir as lembranças dos caminhos da Mãe, abri a porta do guarda-roupa e saí. A família inteira em frangalhos, cada uma delas paralisadas em sua decadência resistente, resmungavam hesitantes impropérios, prontas para o novo embate que seria nascido de qualquer coisa: do pano sujo de café depositado sobre a mesa do jantar, que é a mesa do almoço, a mesa da fome, da discórdia, à morte da mulher mais puta da família, que pariu sem um marido para segurar-lhe a dignidade pelas mãos, e nunca mais foi perdoada.

Falta é mãe. Ausência é pai. Falta é amar o que escapa e foge, o que não fica. Ausência é desistir do amor que não sabe mais permanecer.

Desaparecer é falta ou ausência?

Ele não sabia ler, não sabia o nome de tudo. O Avô não sabia olhar para coisa e dizer O nome disso é isso e isso e aquilo é aquilo, e a tal coisa começar a acontecer pelo nome dito. Ele olhava a coisa, que afundava dentro daqueles olhos cataratas caindo metros e metros abaixo do morro de sua velhice que por pouco despistava a morte; a coisa olhada afundava dentro das vistas do Avô, e a palavra escapava inventada.

Juntos passamos horas sentados em terra seca armada em morro cercada de mato e poucos animais que ele estimava. Cuidava dos bichos para depois transformá-los em evento festivo: morrer e comer. Lá, com nossas distâncias amansadas, ele longe dos brancos acumulados da memória da esposa, a Avó, a minha, que a cada dia andado demorava mais para recordar o nome do marido, dos netos, o que havia comido pela manhã. Eu, longe do caos vivido pelas tias e suas constatações conspiratórias de ódio e rancor. Éramos um esconderijo, eu e ele.

Não sabíamos o nome de tudo.

Imaginávamos de um modo livre, rápido, e profundo, tão dentro de nós que chegava a ser fora, parecia partida o tempo todo.

Só conhecíamos a cidade onde morávamos, até aquele dia, e seus poucos moradores, e a casa onde vivíamos, e seus poucos cômodos e móveis. Não tinha TV. As Tias, as filhas do Avô, não sabiam ler. Eu sabia ler, vivia enfiado nos livros emprestados na escola, mas nem toda palavra agarrava-se a mim como um jeito de ser salvação e futuro.

Quando estávamos sozinhos os dois, tecendo esconderijo temporário, um acordo velado nos tornava iguais e profundos, e fora de nós, em nossas velhices, éramos criança sem palavra para tudo.

A mulher do vizinho vivia triste pedindo socorro, correndo na direção da goiabeira para esconder-se do apetite bestial do marido. *Qual o nome disso, Vô? Fogo de cabrita. Que mais? Só isso mesmo.*

A Avó não sabia mais o nome das coisas também. Ela sabia, e não lembrava. A palavra vinha, aparecia na beirada da língua e escorria acima para a escuridão das ideias abobalhadas dela. *Qual o nome disso, Vô? É o céu todo branco chorando sangue. E pode? É o que tua Avó tem na cabeça: esquecimento e sangue. A Mãe, a minha, não para de gritar desgraça para vida da gente. Que é isso, Vô? Amor que seca feito espiga de milho mordida de peste e sol. As Tias não gostam de mim, Vô? Gostam. E por que elas jogam fora a comida que era pra mim? Porque elas só sabem anoitecer de desespero, e tu é sol engolindo o meio do dia, elas não sabem o que vive dentro de ti. Vô, tem dias que quero chorar o tempo todo. O nome disso é herança.* Nessa hora, o Avô começava a listar os móveis que ele herdou dos pais, os seus, que herdaram dos pais, os deles: guarda-roupa, cama de casal, penteadeira, oratório cheio de santo de gesso, Santa Luzia, São Gonçalo, São Jorge, Santa Bárbara, as trancas abertas das portas, quatros cadeiras de madeira antiga.

Era só falar de tristeza de qualquer tipo que ele desembestava em dizer os móveis herdados, que carregavam a história empoeirada da família. Havia um orgulho reticente e empoeirado, tossindo modos cansados de partir e não voltar.

Se eu dizia, quando eu conseguia explicar o peso dos sentimentos, *Vô, hoje estou tão carregado de um medo de ser deixado para trás*, ele começava a falar sobre todos os animais almoçados em família e as datas precisas: *o pato gordo de pata torcida em nó de nascença comemos no natal de noventa e dois, o porco chiador e rosado que comia as roseiras da tua avó, comemos no dia de São Pedro, no dia que tu nasceu, a galinha do bico rachado que dor-*

mia empoleirada no punho da rede da tua avó, almoçamos no que dia que tua avó quebrou os olhos e quase não enxergava mais a vida. E agora não tem mais nome de bicho para dizer e matar a fome.

Quando ele morreu, gritei tanto seu nome pelas feridas da casa, pelos corredores inquietos, gritei tantas vezes em números que eu desconhecia, mais de mil vezes. Eu queria ter perguntado: Vô, o senhor não está mais aqui, sumiu, e agora tem uma falta pesada e cheia de pressa de continuar, talvez seja medo e fraqueza, mas não sei o nome disso. Vô, qual o nome das coisas que vão embora e não voltam tão cedo?

Se a Mãe tivesse contado quantas mortes ela ensaiou, tantas mortes que não cogitei sequer planejar, se ela contasse as tentativas engolindo remédios, os pulsos de seus gritos desesperados abertos despachavam idas sem volta, cordas enlaçando o ar no pescoço, mergulhos calculados no fundo do rio, a faca que mastigava a lisura de cicatrizes antigas nas pernas, se ela tivesse contado todas as mortes trazidas para perto, nos homens que ela desejou que eu fosse, nos choros domesticados da minha infância provocados pelas suas fugas; se a Mãe tivesse contado nos dedos todas as vezes que ela pretendeu a morte como futuro garantido, ela nunca teria sumido, ido embora, desaparecido, partido. Ela morreu muitas vezes que nem precisaria mais ausência. Foram tantas mortes, desde o meu nascimento. Mãe, morrer é só um modo de ficar mais tempo escondida. Mãe, fugir é um jeito de morrer sem volta. A morte também é caminho, Mãe.

Ela morria de medo de morrer pelas minhas mãos. A Mãe morria de medo que minhas mãos cavassem um caminho meu para longe. Ela viveu tantos pesadelos de ser destruída das piores quedas pelo desejo assassino de filho que eu era. Na tentativa de moldar em mim alguma culpa, mesmo que relapsa ou fingida, ela rasgava sobre meus dias histórias escabrosas de filhos revoltados contra a benevolência materna, matavam-nas, sem escrúpulos. Eu conhecia pouco desses casos narrados por ela. Outro dia, como todos os dias, ao ouvir a notícia zunida pelo rádio de um vizinho sobre a mãe que afogou o filho num tanque de cimento, a morada da ausência disse palavras pescadas no seu mar de pavor para explicar que alguma coisa um menino de cinco anos deve ter feito para que sua mãe o matasse assim no fundo de um tanque, afogado.

A mãe acreditava que qualquer ato de amor é livre para machucar. Aí ela enchia meus pulmões de água com sabonete de lavanda. Meu pai tinha ido embora, naquela manhã; já era noite, e o som da porta batida com força ainda latia pela casa; o coração da casa sem meu pai bombeava um anúncio meio vivo, meio morto, desistido e contínuo, que fluía pelo nosso corpo, meu e o dela. E tinha minha irmãzinha de dois anos, que sumiu dentro de uma mala, dentro do quarto que guardava o cheiro de porra do pai que lavou o corpo da vizinha amiga da mãe. Eu o vi dentro dela, e ontem dentro da mãe, e hoje dentro da vizinha, dentro de casa. Vi minha irmã dentro da mala. Acho que aquela mala é a partida que o corpo dela comporta. Eu agora estava dentro do tanque. A mão da mãe empurrando minha cabeça para o fundo; a dureza áspera do tanque abrindo lasquinhas na cabeça, e eu pensado que aquilo era um jeito de fugir. A mãe chorava, acho que aquela água toda era fluída da mãe desesperada e meu mijo, depois caguei dentro de mim, porque eu morria de medo de não conseguir escapar de uma vez. A única dúvida que tenho certeza sobre a mãe é que ela nos amava. Eu pensava que também, um dia, quando minha morte estivesse adulta eu retribuiria esse morrer afogado em água com lavanda, mijo e bosta. Eu também depois de ter uma morte crescida, madura a ponto de casar, ter filhos e amar o que eu não conhecia, podaria a vida da mãe, enfiá-la numa mala velha, aos pedaços, e despachá-la para uma distância maior que nós, além de mim.

É assim que imagino a morte do menino. Não conto à Mãe a versão vingada da criança que não sobrevive nas suas histórias.

Deixar a vida sumir é vingança, Mãe.

Eu sei, filho. E acho que morri a primeira vez quando tu nasceu.

Tem morte que é vingança, acabar com a vida da Mãe no que existe dela em mim, desmentir as versões maternas de sacrifícios terríveis, arrancar o avesso daquelas certezas precipitadas e ditas como profecias. Eu vingava uma morte que não era minha e também não nos salvaria do pior de nós. *Mãe, a tristeza foi ter te deixado desaparecer sem aceitar tua morte primeira, meu nascimento.*

O tanque ficou tão limpo que ficou impossível dizer que uma morte tão nova tinha acabado de começar. A notícia picotou a tranquilidade da cidade inteira e soltou no ar o desespero de ser mãe e assassina. O corpo do menino boiou dez segundos e afundou. A mãe veio junto, abraçada, engolindo o choro, misturado com água de lavanda impotente diante da morte do filho. A mulher fez nascer a morte do menino. Os pés da mãe escapando pelas bordas do tanque, sua vida escapando na morte do filho. *Mãe, não cabem duas mortes aqui dentro*, o menino morto diria com suas palavras afogadas. *Eu sei, filho*, responderia a mãe. E eu não tinha mais palavras para ajudar o menino a escapar daquele modo imundo de morrer. *Agora é tudo água suja. E o tanque estava tão limpo.* A Mãe, a de ontem, porque agora só conto farrapos de lembranças, gritava na direção da história contada por mim.

É mentira, não é essa a história, *foi o filho que matou a mãe*. Tem tanto filho que tira a vida da própria mãe, que primeiro abandona e depois mata, ou depois de partir volta só para matar, e mata, ou foge e então a mãe morre.

E se eu só fosse embora e te deixasse, Mãe?

Filho, tu não seria feliz nunca.

E seu eu fosse embora amanhã, Mãe?

Eu ia te matar.

E se eu fosse embora hoje?

Um de nós morreria.

Se eu fosse tudo o que ela sempre esperou, mesmo morto, não importaria se eu não a amasse mais.

A Mãe contava história de um filho que virou morador de rua quando não quis morar a vida inteira com a mãe. Apenas os dois no mundo, dizia minha mãe, não contavam com mais ninguém. Mas o filho era todo ingratidão e resolveu abandonar a mãe, sumiu. Quando a Mãe, a minha, dizia a palavra abandono, seu corpo estremecia de um jeito cínico e sorrateiro, como se os ossos quisessem fugir do corpo e ela precisasse contê-los, ensaiando uma avidez que não era sua.

Ela dizia que aquilo, que aquele filho da mãe, da história, foi só sair da casinha de sua mãe e tudo começou a ser fracasso na vida, ele foi morar embaixo de uma ponte, filho, aquele filho da mãe, e passou muita fome, as tripas deram nó.

A densidade de seu olhar arrancava as camadas iniciais da minha independência. Mais ou menos dezesseis anos depois de abandonar o corpo da Mãe, nossos hábitos eram tão entranhados que cheguei a pensar não ser outra pessoa; eu era os caminhos cansados da Mãe e só queria voltar o tempo todo. Eu era um arremedo da ficção tortuosa que ela havia criado sobre o Pai, o meu, sem chances de escrever uma única primeira palavra que fosse pensada por mim.

O morador de rua que eu vi na cidade parecia nunca ter sido filho, saciado de liberdade. Comia restos de comida embolorada, no canto de uma padaria, a única da cidade. Olhava para o céu com olhos de quem escapou de grandes riscos e os vãos dos braços erguidos contavam quanto céu ele era capaz de viver, sem teto. A fome comia o homem que lambia os dedos manchados de desgraça, um pedaço de carne escura despejava engasgos de uma dor que não tinha mais lar para morar. A fome comia o homem que lambia os dedos sujos de desgraça. O homem ria uma gargalhada eclipsada de dentes cortados de cárie e brigas, o lábio superior ferido de abandono. O homem morador do lado de fora de qualquer casa. Era ele o filho que abandonou a mãe, a crueldade ingrata de um homem que podia ter salvado a solidão materna; ele podia ter evitado a rua, a desgraça, a maldição fulminante que o pôs no descampado do mundo

O homem abria a boca para enfiar podridão de uma comida inchada de quatro dias ao relento, no lixeiro. O filho morador de rua cagava, ali mesmo, dentro das calças rasgadas. E comia a merda.

A Mãe dizia que bem que aquele ali podia ser mesmo o homem da história que ela contou; como ela dizia que eu bem que podia ser o homem da vida dela, que eu era a cara do Pai, idêntico, cagado e cuspido. Bem que podíamos fazer tudo juntos, de mãos dadas, eu sem nome, ela com o que eu era ainda no ventre vazio, ou então rua, fome, merda e desgraça.

Ela dizia *Vamos ficar só eu e você juntos para sempre, ninguém nunca mais vai incomodar a gente.*

Prefiro comer merda e fome, Mãe. Eu não dizia. Fazia as palavras doerem no sumiço da voz, e não dizia nada. Olhava de longe o homem de rua comer um punhado de merda e ser um filho ruim para o resto da vida.

Mãe, você volta pra casa? Fiz algo de errado? Por que você não fala comigo? Mãe, fala alguma coisa. A culpa não é minha, Mãe.

A boca escancarada esperando o dentista consertar meu sorriso. A Mãe berrava sua preocupação insistente, correndo atrás da minha preguiça, ao redor da mesa, do primeiro móvel que iniciou uma deterioração penosa; círculos, girava-os ao redor da mesa vazia, a Mãe, a minha, gritando ordens e outros dizeres cansados; um astro gravitando em torno de um sol prestes a explodir, minha órbita em fuga, e o seu corpo celeste ameaçando meu desleixo: Que eu devia ir ao dentista, tu vai perder os dentes que te restam. Ela não queria que eu perdesse meu sorriso. Importava que o esmalte das minhas poucas gargalhadas continuasse a espelhar o cuidado materno. Ela, a Mãe, não tinha mais dentes. A Avó, a minha, tinha um riso que escapava e ia ao chão sempre diante de qualquer motivo ingênuo. Ela deixava incontáveis vezes ao dia o piso do chão com pedaços de sua alegria abobalhada.

O Avô, pai da Mãe, permitia um dente solitário a ocupar-lhe a imensidão da boca. E aquela raridade pouco cuidada, lascas de sombra e mau cheiro, agarravam-se ao sorriso murcho do Avô, que chupava cana de açúcar por horas, até o corpo hidratar-se, transformado, dentro do calor e do sol, de mel e tontura.

A Mãe, filha dos sorrisos escapados dos pais, não me queria com a boca depenada; queria que tudo que saísse de mim fosse voo com asas armadas de cuidado, numa jaula, e mostrasse ao mundo miúdo ao nosso redor como ela era cuidadosa. *Ele nunca perdeu um dente*. Mas eu punha muita coisa sem nome na boca, falava muita coisa sem sentido, que arrancou, pela raiz, pena a pena, do voo incapaz do meu sorriso: eu dizia que queria morrer, que queria que ela morresse, que eu não aguentava mais; eu pedia para sumir e surgir num tempo em que eu soubesse exatamente o caminho que não leva ao antes; eu enchia minha boca de mãeescrotatiasfodidasquecasaimundaquenãoacabanunca; minha boca com essa parede de palavras condenada foi perdendo uma a um, raiz a coroa, a beleza e força do que era voo e morada. Aos poucos, algumas sombras pintaram a liberdade dos poucos sorrisos, e as palavras malditas infiltraram-se nos finos canais que alimentavam as funduras da boca.

Era pena, e asa, quando eu tentava fugir dos cuidados imbecis da Mãe; e lar decaído, soterrando meus respiros, quando ela me alcançava o desleixo e arrastava meu medo até o Tiradentes: o homem pálido de unhas vingadas e amarelas que enfiava sua raiva rubra nos meus dentes fundos cheios de prisioneiros mortos e libertava meu desespero, minha tristeza, e arrancava pedra por pedra as paredes de fendas infantis, e aprisionava, pena a pena, os voos da minha alegria escassa.

Eu cuspia minhas fugas numa bacia de alumínio encardido; e era sangue, cuspe, dente, passarinho, lápis, caderno, cuscuz, os abraços do Avô, o meu, cu, manga, beira de rio, barro, e gozo, e era tanta coisa escorrendo dos buracos recém-nascidos. Eu escapava de mim, concentrado na bacia imunda do Tiradentes. Eu escorria em tudo que era falta, o sorriso escapado de mim.

Ria pra mim agora, filho.

Eu não quero rir, Mãe.

Ria pra mim agora. Agora!

Eu não sei mais rir.

O céu da minha boca se abria para mais um apocalipse de podridão renovada que nunca terminou de começar.

Falta é sorriso arrancado à força pelo amor de uma mãe.
Ausência: dente, rio.

Perdi o sorriso que me restava pelas tuas mãos, Mãe.

Ela dizia *Meu filho é pequeno e cabe no meu corpo, de novo, todas as vezes que choro.* Minha mãe nunca me ensinou a caminhar; eu tinha pernas finas e não sabia erguer o corpo, não tinha feijão e farinha capazes de encher minha fraqueza de coragem. A Mãe contava a mesma história numa repetição calejada. *Filho, foi tu que me ensinou a caminhar, quando eu já esperava teu pai, e nem te sabia meu, nem me sabia dele. Quando ele roçou a vila abandonada do meu corpo, tu chegou plantado. Foi ali que aprendi a caminhar. Aprendi a quase morrer e desistir de ti.* Ela contava enquanto subia na goiabeira da morte do Avô, o meu, seu pai; uma imensidão de tronco, e o corpo da mãe macaqueado naquela árvore agigantada pela saudade. Catava as goiabas e levava para casa. Desmanchava a massa dentro da casa, com um, dois, três cortes de faca cega. Foi assim que ela escondeu a falta do pai, aquele, o homem que expulsou de si a mulher que ela foi, aprendendo a caminhar com o parto da minha desgraça, enchendo nossa barriga com aquela massa pintada que não matava a vida nem dos bichos no quintal.

Tu dizia *Meu filho é pequeno e cabe na minha falta, cabe no lugar estreito que chora a falta do homem que é pai e pecado.* O meu filho é neto do meu pai, da minha mãe, sobrinho das minhas irmãs, meu, meus, minhas. A terra abaixo de nossos pés, dentro da casa, é herança da mãe da Mãe. Seus pais pariram o que deixar para abrigar a solidão da filha até o casamento. A herança dobrou de tamanho com o esforço do marido da filha, tão pai quanto o seu, meu bisavô desconhecido para mim. E depois, heranças falidas, nasceram as filhas, a Mãe e as Tias. Depois eu, delas, filho, sobrinho, neto. Eu não era ninguém ali daquilo, delas.

O meu filho é pequeno e cabe dentro da gente, todos os dias, e caberá dentro de nós para sempre. Era o que tu dizia, Mãe. E nunca cansou de dizer.

Conheci o mar uma vez perdida, aos onze anos. A Mãe pediu licença aos pais, os seus, meus avós. Costurou roupa fina e limpa das vizinhas, ensinou beabá com a licença da burrice das crianças de esperteza magra, fez sinal da cruz cem vezes, aceitou ajuda do pai, o seu, vendeu bolo feito em gordura escaldada na porta de casa, e juntou dinheiro, uma quantia que comprou a viagem de ir e vir, para duas pessoas, até o lugar onde o mar ficava, dois dias partindo num ônibus tremelicando, cheirando a mães e seus filhos cozinhados de impaciência e pressa. *Se teu pai tivesse aqui, a gente ia viajar sem tu*, acho que foi isso que ela quis dizer quando o ônibus apertado de mães e seus filhos crianças tumultuadas partiu, deixando meu choro para trás, e meia hora depois voltou para calar minha boca e resgatar meu abandono turista. Fui. Fomos.

Cheguei à praia e engoli o mar tantas vezes para secar a tristeza do corpo. Engoli o impossível do mar com os olhos, que vermelhos não sangravam, mas piscavam trancados na destreza do sol. E eu ria e gritava com as portas da boca escancaradas para escapar a fome do corpo; engoli areia, concha e planta do mar, do fundo daquelas águas. Engoli os abismos mudos que não calam. Essa desgraça vai morrer desse jeito, a Mãe resmungava, em coro com as mães, as outras, cujos filhos salpicavam euforia nos contornos do mar, correndo mais ligeiros que a pressa das pernas, percorrendo de cabo a rabo a criatura impossível que não parava de lamber a praia, nossos corpos, o cuidado pago com sacrifício e calor nas mãos de nossas mães.

Os sussurros do mar não calavam mais silêncios das crianças cansadas de tanta água sem fim. Como algo tão aberto e úmido, sem fim, cabia tão quieto e deserto nos vãos do corpo, o meu? E a pergunta escorria para fora de mim, fronteiriça entre a infância e os desejos surrados dos adultos da casa, enquanto a quentura do corpo dizia às águas temperadas do mar que eu também sabia liquidar o que eu era, mijando e chorando, sangrando, quando os meninos mais velhos inundavam meu fundo de rio, quando me permitia ser a vida - unha e carne - da Mãe ao cavar o buraco no quintal da casa do Avô. Aquele mar que levei comigo, tranquei-o no último espaço que me restou daquele vazio que comecei a inventar no quintal de casa.

E levei o mar comigo.

Às vezes, quando tudo - as brigas nas bocas das Tias, a morte dos Avós, o amor da Mãe - está miúdo, ouço o mar invadir o corpo, me arrastar para o fundo e agigantar os espaços da casa, submersa, afogada, impossível.

Deixo a casa afundar no pedaço de mar trancado em mim.

A boca do mar espumando calma, a raiva disfarçada das mães, das nossas. Os pais, os nossos, não estavam ali, não estavam lá, antes de virmos, antes de nascermos. As mães entreolhavam-se com bocas áridas e feridas em crateras e riscos de seca. A maioria delas não parava de gritar *Menino, diabo desgraçado, se tu morrer afogado nesse tamanho de água como é que eu vou te enterrar, filho de uma quenga.* Algumas choravam; o rio das mães escorria para o mar, uma mão estendida em cumprimento e respeito. O mar não engoliu nenhum de nós. Encheu nossa vida de tudo que era abismado. Foi assim que descobrimos, pela primeira vez, o tamanho do mundo. Muito maior que parede, piso, teto e amor de mãe.

O mar não nos possuiu; emprestou às crianças, nós, seres da seca e do fogo, mergulhos irremediáveis. As águas diziam O mar é seu. E o mar era nosso, era meu. Acho que foi a primeira vez que eu disse *Minha vida, a minha vida é minha.* Para o mar. O mar. E deixei escorrer, e não parei de secar. Até chegar à casa de volta.

Cheguei salgado à casa dos Avós, que ouviam notícias sobre o fim do mundo num rádio engasgado de velho. O Avô percebeu a estranheza dos tremores involuntários no meu corpo; sabia que algo estranho e contra minha vontade possuía-me. Encostou a mão direita na minha testa. *Ele tem febre,* disse, já levantando agoniado, com a possibilidade da perna esquerda seca. Preparou uma cura ensolarada e azeda capaz de distorcer músculos e dissolver doença. Eu tremia, e aqui nessa terra não existem tantos tremores como aquele. Vibravam os ossos e a coragem, e ali era impossível ter uma febre daquelas: É o sentimento do mar, disse meu avô. A Mãe, a minha, riu: *Eita frescura!*

Debaixo da pele, nas nascentes das dores, onde havia ferida suja e vazio aberto, as águas afogadas da infância, lugar de peixe engolido vivo sem sal, das braçadas cansadas depois de chorar, havia começos do mar. No corpo rompendo a ingenuidade dos anos primeiros, agora o encontro das águas.

O Avô acendeu uma vela enquanto a Avó soltava uma ladainha paciente, para que a febre calasse seus gritos e o corpo acalmasse os terremotos que pouco existiam naquela terra. Eu bebia as poções do Avô e mastigava sua fé com desgosto, enquanto a Mãe reclamava *Eu sabia que esse diabo ia engolir o mar quase todo.*

Tua mãe, filho, tem inveja de ti porque ela não sabe nadar, disse meu Avô, assim que levantei da doença do mar. Ele me chamava de filho para que a morte do filho morto nascesse mais um pouco. E continuou *Por isso ela tá assim com a cara amarrada, cheia de nós, esperando o mar sair para longe de ti.*

Tua mãe não quer te ter afogado se ela não puder te salvar, filho.

Mas tô longe do mar, vô.

Ninguém fica longe do mar. Ele tá em ti agora!

E minha mãe não pode mais mergulhar em mim, nunca mais?

É disso que ela tem medo, filho. É por isso que ela *parece ódio e rancor. Tua mãe não pode mais te salvar.*

Minha mãe não pode mais me salvar.

Ela dizia *Filho, já sei o que é bom para nós. E se fosse só eu e tu pra sempre, sem mais ninguém? Tu podia ser a minha casa. Será que eu caibo em ti, agora que tu cresceu? Eu te abriguei por tanto tempo. Se essa casa do Pai, teu avô, cair, eu vou morar em ti, filho. Teu teto não pesa, tuas paredes aguentam, em teus espaços largos desses onze anos não mora mais ninguém. Me dá a chave da tua vida, filho, vou guardá-la comigo. Vai ser só eu e tu, trancados, para sempre, filho. Minha vida. Tu. Eu. Minha vida, tua mãe, eu, tu, minha vida.*

Meus pés se dissolviam no areal nos tempos dos pés de caju. Meus pés não queriam mais voltar. Aprendi o caminhar daquelas árvores, parindo centenas de doçuras, abrigando todo tipo de inseto, de mosca a abelha; seguiam o rumo do impossível, agigantando-se todos os dias. Minhas fugas restantes chegavam cansadas aos cajueiros. Eu plantava a minha amargura, o corpo mastigado pela casa despedaçada dos Avós. Uma raiva insuperável, densa, viva, alerta, ocupava as decisões das Tias e da Mãe. Meus pés escorrendo na terra, abaixo dela, abraçando a raiz e bicho que rasteja; eu queria sumir de uma vez.

O dia ruía uma conversa antiga, a língua do vento ditando o canto das folhas secas, que dançavam para alegrar meus soluços: criança não sabe escapar sem morrer. E as histórias da Mãe visitavam-me, as mortes das crianças que odiavam as mães, e o castigo maldito por terem ousado avançar sobre o amor capaz de tudo: mãe não sabe viver sem acabar com o filho um pouquinho.

Eu comia caju caído, escondido na barriga da terra, comia a raiz do mato, lambuzava minha tristeza com a areia quente que abraçava o sol, e cuspia brilho cego; depois corria gritando para acordar os bichos valentes que dormiam, e perseguido pelo medo das histórias da Mãe, jogava-me o corpo no rio distraído, parecia o copo de cachaça do Avô, e aqueles goles esganifados que ele engolia nos piores dias de seus choros; o fundo do rio parecia a morte do tio, o único filho dos Avós, antes de mim; parecia a morte que eu conhecia por outro nome, uma coisa escavada, desolada e única, igual a *tanta coisa perdida que podia ser bonita, uma fuga, alívio, a vida abraçando ausência e dizendo Fica na fundura dessa liberdade, menino, tu quer ser chamado de quê agora? Eu quero ser chamado de lar. Então teu nome vai ser lar, e no fundo do rio, teu recomeço.*

Então é assim que se morre?

Eu me jogava ao rio esperneado, correnteza lamentava que a água fosse acabar, que parecia um fim. Eu me jogava, quando as dores de casa caíam e descobriam-se em pedaços de deserto, e remoía o corpo na água para inventar um jeito de cavar mais o fundo do rio no corpo que crescia.

Então é assim que se nasce?

Era dia, e o lençol de fuligem cobria o teto do pedaço adormecido da casa, o prenúncio do almoço. As galinhas catando desnorteio do lado de fora da cozinha, pinto piava saudade do ovo, voltar à conformidade do silêncio. E a Avó ria, ciscava arroz que não servia para comer e jogava para a galinha e os pintos, os seus. As feridas abertas na parede deixavam escorrer o sol, que engolido pelo arremedo de noite queimava com carvão e fuligem, não aquecia, não clareava nem dizia bom dia.

Um tacho de ferro pesado cantava uma música estranha, seca, a boca cheia de milagre de cana, doce borbulhando melado e escorrendo pelas beiradas, entregando-se ao fogaréu que ardia. Ao lado, uma panela miúda mastigando arroz e tristeza. E a Avó cacarejando uma alegria queimada de roça, muita fumaça e pouco dente. E a galinha catando a fome dos pintos, os seus, saudosos do ovo, do encontro com o nascimento, já que morrer era questão de dias.

As paredes cortadas pelo tempo, as taipas escurecidas pelos pensamentos do fogo armavam-se numa queda lenta. Amanhã elas começam a cair, a Avó dizia. E ria, num cacarejo engasgado de bicho. Não era alegria, e sim cansaço, e medo. Ela temia matar a galinha e esperar os pintos crescerem para transmitir-lhes a herança cozida com muito sal e gordura, e saciar a casa.

Eu escondido no forno de barro, frio, há tempos não era mais abrigo de bolo, carne de porco estourando a morte do bicho, toucinho, pamonha abraçada à folha de bananeira. Eu me escondia na falta que ecoava naquela caverna dentro da cozinha. Ali, só a ausência, não se cozinhava mais qualquer saciedade.

A boca do forno toda roída escapando de um choro miado fugindo dos meus escapes, quando eu pensava ter voltado para o corpo da Mãe. *Filho, eu vou te trancar dentro de mim para sempre*. Filho de chocadeira, era o que ela tinha dito. *Tu só pode ser filho de chocadeira, puxou pra quem assim?*

E a Avó me escondia no peneirar do arroz mirrado e não deixava escapar nenhum pedacinho meu. Fica aqui, ela mostrava a mão cortada de sombra e poeira, puxava meu medo para junto do corpo exíguo e inventava abrigo. A galinha acomodava os pintos em sua cabaça de pena e mosquito. E cacarejavam, as duas, algum tipo de esperança que não cabia no forno vencido nem na cozinha aos pedaços.

A Avó abraçava-me, a fome dormindo, salgando sonhos, e ria.

Ela abraçava as defuntas esperanças, as minhas, e ria, faminta de pesar.

E tinha a mulher mais velha da cidade que, diziam as línguas feridas, nunca quis ser mãe. Passava o dia separando as vísceras das palavras para escrever o mundo. Era o que a mulher que nunca foi mãe fazia, diziam as línguas rasgadas de ódio. Morava num pedaço afastado da cidade miúda; é como se ela quase morasse fora da cidade. É aleijada, diziam. E puta meio doida. Diziam que vivia caída dentro de casa gritando, clamando por deus, perdão e honra. Morava sozinha, afastada das pessoas que a chamavam distância. Ela saía de casa, sem filhos, e ia até o centro da cidade comprar pão. No quintal da casa tinha tomate, feijão, milho, arroz, galinha, uma multidão de sombras debruçadas quietas sob as mangueiras, e o caminho de um riacho altivo atravessando as costas da mulher mais velha.

Caminhava com acidentes na língua, praguejando os desejos de sua defesa Não fui mãe porque não quis porque pau não me faltou. Arrancava os pães das mãos do comerciante padeiro, o único da cidade, e voltava a casa, ditando poesia, sabia que aquilo era poesia, tinha asa, e ela caminhava mais rápida e leve, passava a nem existir naquele corpo; o sol era o olho amarelo de um deus loiro, que podia ser preto e morar com ela, sentar todo dia de manhã ao seu lado, tomar um café escuro e dizer Vem cá, minha preta, mas sem beijo e sem dedo entrando, porque deus não é homem. Ela demorava metade do cansaço da tarde para chegar ao lar; os pães bocejando de sono, amolecidos.

Escondi minhas poucas fugas para o rio que corria nas costas daquela casa. Eu ouvia a mulher que nunca foi mãe esquartejar muitas palavras. Não era um jeito de matar a palavra; era o milagre da multiplicação. Ela ficava vociferando a fé que a condenou ao fim do mundo, nas curvas do vento, depois da cidade.

Ela me viu rastejando sair do rio. Eu corpo, um vulto coberto de fundura de rio, sombrio e corrente, arrastado pela presença partida dos meninos mais velhos que disseram que meu corpo não é meu e o silêncio aprendido não precisava ser dito a ninguém. Minha boca costurada de palavra submersa.

A mulher que nunca foi mãe, a mais velha da cidade, a mulher que não era ninguém, deixou que eu rastejasse até a cumeeira da porta que abria o calor da cozinha e seus cheiros de pães dormidos e verduras cozidas. Entra, ela pensou, ou disse. *Minha casa é lugar pra gente perdida.* Acocorei-me no canto mais aquecido da cozinha, o coração da casa da mulher mais velha.

Eu nunca fui mãe por isso, e apontou para o rastro de sombra e lama que deixei no percurso da dor. E doía. Eu não gritava. A mulher era desconhecida, puta, louca. Tinha receio do que ela podia fazer com o meu choro. Temperar a loucura com choro de criança, lavar as verduras com meu desespero, e catar um milagre para sua velhice à custa da minha tristeza aflorada.

Olhei para todos os poucos lados da casa, atrás de outras crianças. A Mãe dizia *Se tu não virar gente, eu vou te entregar pra velha que não é mãe, diabo.* Esperei uma multidão de crianças carregadas, crianças que não eram gente como eu, surgir dos esconderijos da casa, gritando apavoradas pedindo caminhos. A velha estava sozinha.

Teu coração não cabe mais aqui, menino. Vá embora.

Ela pinçou um pano velho, ninho de uma galinha ouriçada que não parava de me expiar, e cobriu meus tremores. *Se a noite chegar antes do teu sono, aviso tua mãe e teus avós.*

Me abraça, pedi.

Eu não sou tua mãe, criatura de deus.

A mulher mais velha da cidade continuou eviscerando algumas palavras. É poesia porque é o avesso de tudo que mata e maltrata, ela dizia e ria um buraco sem fundo no rosto. *Não tem luz no fundo disso aqui, menino.*

Tu sabe por que me chamam de puta e louca?

Não, minha cabeça riscou uma direção e meus olhos mergulhados no fundo do rio, mordidos e vazantes, os meninos mais velhos ainda jogando-se do alto de sua dureza infame para dentro de mim.

Eu só quis saber do que é meu: palavra e vida. Homem pra mim é pedaço de pau, e é assim que se vive. Falo o que quero e vivo o que preciso, vou pra onde eu quiser, ninguém me diz que direção amarrar a minha ida. Ofende o povo desse inferno uma mulher embrutecida de rugas e secura enfiando pau no corpo e palavra no mundo. Aprende, menino. A gente só aprende a viver pela palavra; não existe morrer sem um amor que acabe contigo e te ensine a doer na poesia.

Tu não sabe ler, mulher, eu disse de joelhos, como se rezasse, como se a mulher fosse santa e puta.

Eu leio o mundo, menino, foi assim que aprendi a viver. Ninguém chega até aqui com esse tempo antigo pesando dentro sem palavra, e palavra não é só o que sai do escrito, é do peito, menino, do peito ferido, palavra é santo e santa rezando e chorando, ensinando a fazer milagre. Tu sabe fazer milagre, criatura? Palavra é o que levanta morto, é o que sai da boca e não volta nunca mais, palavra é o que é do outro. Tu acha que Jesus Cristo sabia ler e escrever?

Mas tu não é Jesus, mulher velha!

Quem te disse? Eu não te salvei? Transformei água que vazava do teu corpo em choro; olha aí tu caminhando, levantou, andou. Olha aí tu dizendo e trançando o sinal da cruz na testa, na boca, no peito, e rezando. Isso é coisa de Jesus Mulher, menino. Aprende, diabo!

Foi por isso que eu não quis ter filho, ela continuava com os olhos engolidos pelo calor assado borbulhante nas panelas, para não perder o risco de ser imaculada na palavra sem filho. *Sem filho é mais gostoso, sobra mais tempo e comida, dá pra andar nua e deixar as penugens do corpo soterrarem as pregas acumuladas pelo tempo, dá pra pecar e pedir perdão do almoço.*

Minha mãe disse que a pior coisa do mundo é filho mal-agradecido.

A pior coisa é mulher que não quer parir filho pro mundo, menino. Vai-te e aprende a nascer de novo.

A mulher mais velha da cidade estrondava gargalhada santa, dessas que não se vê no rosto das imagens sofridas na igreja, a única daquelas bandas da terra.

Cobriu meu corpo desistido do rio de horas antes, seco depois do calor da canja de galinha e do ovo frito, a morte passada e futura da galinha aquecendo minha coragem.

Voltei à casa dos Avós. Antes de deixar a mulher mais velha, agradeci, mas não disse obrigado. Apaguei o rastro imundo de antes, com um pano sujo.

Limpa o caminho que tu deixou pra trás, menino.

Limpei e segui. Ainda fundo de rio no interior do corpo.

Cresci alguns anos depois que as dores cresceram no corpo, a cada queda da casa, e nunca mais soube da mulher mais velha da cidade.

Tem palavra que ainda não sei que caminhos têm.

O menino tinha dezesseis anos e mandou a mãe para puta que o pariu. Avançou sobre o medo da coitada e arrancou-lhe os olhos, com os dedos, depois ficou lambendo tudo que a mãe enxergava para entender o que aquela quenga escrota tinha que não conseguia ver quem ele era por dentro; depois engoliu os olhos da mãe, com água barrenta. Ao lado do corpo da mulher, que ele não chamava mãe depois de morta, o pai batendo punheta e gozando, chorando, babando uma raiva irmã do querer. A Mãe, a minha, contava essa história num português cambaleado e tossido, com cigarro de palha incendiando a distância entre nós.

Não foi assim, Mãe!

E foi como, sabichão! Tudo ele quer saber mais que a mãe.

O menino era tratado feito bicho, estranho aos cuidados do pai, que só estava presente uma vez ao ano; a mãe rígida de ordens de cumprimento, a mão traçando um martírio desperdiçado, a mãe armada em fúrias despedaçantes, a mão amontoada sobre o corpo do menino, que parecia menina – as mãos moles, a pele fina, o corpo todo varria os destroços da casa que nunca crescia para o quintal que nunca tinha comida, limpava as panelas cansadas de fome, vestia os rasgos das roupas das mulheres da casa. Tu é homem, cão do meio dos infernos, fala direito, que nem macho, e então a mão da mãe traçava corte, desmonte, para ver os ossos e o que ela chamava de essência do diabo arranjarem-se ao que ela planejou para o filho a vida toda; a mãe traçava ferida no corpo do menino, desde os dois anos. A língua da mãe esganava a descendência do filho, submetendo-o ao quarto escuro da casa, onde as sombras fastidiosas da família descansavam assombradas.

Mãe, aquele menino chorava tanto recolhido na vergonha da mãe.

Filho nasceu pra ser o que a mãe espera dele, filho.

E a mãe do menino gritava do lado de fora Já aprendeu a ser homem? E o menino respondia sumido todo esquecido que tinha corpo e presença, o menino engrossava sua ausência e crescia quatro anos em um grito, cinco anos na marcha quieta das gotas de suor avançando para dentro daquele ensaio de noite, oito anos alarmados pelo desespero da mãe almoçando falta, alguma fome, cupim roendo as duas portas da casa, entrada e saída, passo para dentro e para fora, o coração sujo de areia circulando presa ao vento espesso. O menino entrava e saía do quarto pelo mando da mãe, de casa pra escola, da escola pra casa, aprender a ler, ser homem, é importante, ser homem, vai tirar a família da miséria, vai ser melhor que teu pai, vai ser homem, não precisa de amigo, filho, ninguém precisa ter amigo se tem uma mãe como eu, não precisar ter outro caminho se tem uma mãe como eu. E voltava para o quarto, o escuro ardido, só as palavras dos livros que não sabia ler inteiros iluminando a vela acesa, cansada de dançar como se a noite não fosse acabar de iniciar seus ensaios.

Aos dezesseis anos, o menino era quarto escuro e sombra, e grito da mãe dizendo Já virou homem? O amor mordido, ossos pontiagudos afiados pela rispidez das dores infantis que a mãe não entendia, a boca armada de crueldade, as portas roídas de cupim, e fechadas, o menino todo fechado de medo, e foi esse amor que o ensinou a matar a mãe, Mãe. Ele devia ter fugido. Como se a porta estivesse aberta e a mãe fosse a casa toda, e as ruas da cidade, e os olhos das pessoas na ladainha maldita de que mãe é a melhor coisa do mundo, e se ele, um dia, amasse alguém que soubesse como ele é filho descaminhado em distância da própria mãe, esse amor seria ainda o julgamento inflamado da puta que o pariu, para carbonizar suas chances de abraçar outro corpo e ser outro o tempo que restasse de vida.

Foram os dezesseis longos anos de quarto, casa e mãe que cavaram a partida morta da mãe do menino, Mãe. Mentira, Filho. Mãe, é verdade. Ele não suportou e escondeu-se na noite do quarto, a lua riscada na tristeza da vela cambaleante, escorrendo no canto da alma do menino. Uma força amaciou o pulsar das veias, o caminho das curvas e nós do sangue no corpo alerta do menino, o corpo repleto dos gritos da mãe, desespero da mulher que queria ser uma boa mãe e não sabia ser nada além daquilo. Ele precisou esvaziar-se da plenitude da mãe. Mãezinha, eu não sei ser apenas teu filho, e a faca riscava o passeio e as voltas da vida dentro do menino, o corte abria um mar para fora do menino, nunca homem, nunca mulher, bicho, muito filho para escorrer de si; o caminho da vida, vermelho e ainda sombra no quarto, várzea aberta em chagas, barulho fino de rio em busca de mar para dispersar-se em abraço que não termina até o fim; era traçado entre o chão e a porta, um riscado de luz piscando os olhos para o corte, o caminho e o mar do menino.

Um dia inteiro correu na pressa da casa, e o silêncio do menino avisou a mãe de seu corpo piando a última morte.

A gente só morre uma vez, filho.

Não, Mãe, a gente morre muitas vezes na palavra da mãe.

A mãe do menino arregaçou a porta do quarto e o filho inundado em corte, caminho e vazio, os olhos escancarados, chorando parados; como é que um corpo, depois de morto, chora violento? Era tanta mãe gritando, maltratando, que o menino esvaziou a vida de um jeito assustado, sacodindo os resquícios de dor. É assim que se chora depois de morto. A mãe não aguentou, não chorou. Abriu a boca para um grito acordar o filho, mas iniciou uma procissão de ofensas Seu filho da puta desgraçado agora todo mundo vai dizer que a morte veio de mim, que te matei, tu sujou o quarto que fiz com tanto carinho com culpa, atrasou minha vida, como vou ter outro filho com uma idade velha e sem tempo e sem homem, quem vai cuidar de mim quando eu estiver doente e cansada na cadeira de rodas, meu filhinho lindo eu só queria que tu fosse um homem, não precisava nem ser bom só bastava não querer viver fora de mim para sempre, maldito escroto imundo, como é que eu perdi tantos anos parindo um bicho que atrai maldição para dentro de casa, e esse teu corpo coberto de sujeira e fedor, tu podia ter tomado banho antes, te amo, meu filho, volta pra mãe, volta pra mãe, volta pra dentro da mãe e começa de novo. Faz de conta que ainda não terminou e começa de novo, me deixa ser mãe, me deixa ser tua mãe para sempre, o que serei agora sem filho? Eu só sei ser tua mãe, filho. E abriu caminho no corpo para a vida escapar, com a morte afiada do filho.

Não foi assim que aconteceu, diabo!

Foi, Mãe, aquele menino não acabou com a mãe!

Mas ela morreu também

A morte da mãe aconteceu arrastada pela morte do menino.

Foi o filho que matou a mãe. O filho ensinou a mãe a morrer. O filho ensinou a mãe a acabar. Tu quer me ensinar a morrer também? Diz, criatura. Diz que tu quer aprender a morrer. Tu quer aprender a morrer, Filho?

E o dia seguinte abria-se duas horas depois. O sol rasgava caminho pela torrência da chuva, batendo grito e palmas, chegando tão quente que parecia anúncio bíblico. Nós, inundados, tratávamos de recolher as panelas e tachos abarrotados de céu limpo e resquício de noite. Alimentávamos o poço velho do quintal com os choros acumulados nos alumínios dos vasilhames, enchíamos o bebedouro das galinhas e dos porcos, que amontoavam-se assustados no chiqueiro com teto de palha. *Mas já tem chuva pros bichos beberem, Vô! Mas tá tudo imundo de sujo.* E limpava o chiqueiro, o Avô, o meu, limpava a sede dos bichos, enchia o medo das galinhas e dos porcos de céu lavado.

O dia tão aberto e escancarado de luz, nem parecia que horas antes estávamos encharcados de pavor. E as Tias antes gritavam, limpavam a lama do chão da casa, e os restos de céu e noite dos cantos de si. A Avó continuava sua reza até gastar a fé rouca que não parava de dizer Perdão e Obrigado Amém meu Pai, e pedia a mim um copo com água até a beira. *Tá com sede, Vó? Não, quero oferecer aos santos que trouxeram chuva demais e sol escaldado em excesso muito cedo. Vó, onde a senhora aprendeu a palavra Excesso? Me deixa em paz, menino, vai ajudar teu avô a limpar a sede dos bichos.*

A Mãe amuada no quintal da casa, depois da casa do forno, depois do chiqueiro dos bichos, depois do buraco que inventei e tracei até a raiz do lar (que agora devia ter em si o afogamento de tudo que escondi – lembrança das coisas que cortavam e perfuravam, e medo, e desejo), depois de si, muito longe de si. Ela tremia ainda gotejando, a roupa colada ao corpo marcando os contornos de curvas rasas, a pele escorregando dos ossos, a Mãe abraçando a invenção de pântano, como se soubéssemos o que era um. *Mãe, se tu não sabe o que é isso, como conseguiu armar no corpo? Do mesmo jeito* que te nasci filho e me inventei mãe, diabo curioso. Não nos falamos. Ela disse a palavra com os olhos realizando curvas dentro das órbitas, traçando linhas arrebitadas escapando do próprio corpo, entediada e brava. Atrás da sede dos bichos, no chiqueiro, observei a Mãe, sozinha, chovendo, repetindo a tempestade de ontem na ladainha sacrificada aos santos, mordendo a língua, escorrendo, mijando, suando, enfiando as unhas na pele untada da chuva de ontem, que não parava de acontecer em si. Ela conseguiu, agora ela levava chuva consigo, no corpo todo, de um modo doído e arrependido.

Tu carrega mar contigo, e nunca me ensinou a nadar nesse pedaço teu que me assusta. Agora tenho chuva, raio, trovejo onde posso e inundo desagrado. Tu já viu mar e rio sem chuva, menino?

A Mãe dizia isso com a boca enterrada no ar ao redor do corpo que caía do seu choro desesperado.

Tu já viu filho e amor de verdade sem uma mãe?

Desaguamos, eu e ela, mas sem professar quaisquer palavras.

A Mãe, as Tias e a Avó aravam os dias secos e quebradiços com vigor. A pele tostada, vermelha e fervida encostava à sombra da mangueira para um gole d'água e voltava ao milharal. E as folhas secas estaladas sobre a planta rachada dos pés. As sementes secas da prosperidade arremessadas pelas mulheres juntas nos buracos cavados no quintal caíam ocas. Elas lavavam as louças depois de cozinhar. A Avó ajudava com as ordens planas e férteis, ensinava a nascer na terra para cansar a dúvida desatinada ao nos procurar. Varriam a casa antes de o dia esticar os olhos do Sol.

O Avô vendia os milagres cozinhados em caldos e sopas, chás e poções borbulhantes, algumas cristalinas, algumas escuras e pedradas. O pai das Tias e da Mãe não lavava o fim do almoço sem tanta comida: os montículos de farinha úmida dispersos agarrados aos feijões aguados nos pratos velhos contavam a história da nossa fome. Uma organização imprecisa que percorria os corredores e dava sentido ao que nascemos para fazer antes de morrer.

Nos dias mais infames, eu varria os cantos da casa e apanhava as folhas secas que transbordavam o quintal, depois de ter ido à escola sem aula. Também corria para ajudar a preparação da gestação da terra, mais nervoso que apressado *Quero fazer como o Avô*, lavar as paredes caídas da casa, armadas de luz vazante, apanhar o cisco juntado ao redor da mesa depois do arroz separado para o almoço, quero abrir a terra escura com os pés até seu limite, na rua do outro lado da casa e ajudá-las a amadurecer nossa comida, ajudar a inalar o que estrangularia a fome incansável dali a uns meses. Eu queria preparar arroz e feijão na panela de ferro escurecida de tanto que ardia na boca do forno, e preparar chá que aliviava dores nos rins, como o Avô, rezar para espantar olho ruim e doença que entorta o juízo, como a Avó, eu queria a valentia ofendida das

Tias, que transformava fraqueza terrena em coragem solar. Eu queria varrer a sujeira da casa, levantar um lar desde o alicerce, subir no telhado e defender a intimidade das moradoras das quedas do céu, como as Tias haviam feito, como o Avô, como a Avó. Eu queria aprender a desviar da morte repetida para evitar tristeza, eu não seria como o Tio falecido, o único homem depois do Avô.

Eu seria como a Mãe cozinhando comida e costurando os farrapos das roupas moídas pelo passar do tempo no corpo, levantando aos trancos, barrancos e gotas de suor altar para os santos da mãe, a sua, a Avó rezando como as mães da família, as suas avós e bisavós a ensinaram, queria ser como uma mãe que lia muito sem palavra e sabia amansar a braveza da terra até nascer o que acaba com o medo da fome. Eu queria ser como a mãe, de vestido e tudo, abrindo o ventre carcomido da terra, como o Avô cansado e manso, cozinhando as lamúrias da casa, rezando pelo perdão do céu despencado, com a raiva possuída das tias sem liberdades, tapando as carências feridas do teto e os rejuntes das paredes com as lascas arrancadas do corpo durante as ofensas e brigar. Eu seria como elas.

Eu também seria como a Mãe, com modos de parir tão únicos na falta e arrependidos. *Se eu não for mãe, como a minha, também não serei mulher. Se eu não for avô como o meu, eu seria, algum dia, homem? E seu eu chegar à morte do tio, filho dos avós, os meus, irmão da mãe, a minha, que tipo de bicho serei eu? Passado, doença ou menino?*

Ao findar a limpeza da casa, do forno que cozinhava sombra e luz, ensacar farinha em punho, ariar os copos e pratos e as panelas e tachos, depois de arrancar a camada de grossa fuligem do teto da cozinha, de descascar os morros de choro das velas no oratório carcomido da Avó, e em alguns cantos do seu quarto, depois da agitação doméstica ser desalinhavada pela nossa urgência culpada, eu metia-me no buraco que fiz no quintal. Os bolsos do calção e sua pele puída e mordida de terra vermelha esvaziados com os resquícios da casa e suas ruínas, suas sujeiras despencadas, os gritos das velas, os cacos dos santos da Avó, derrubados, os aperreios imperativos que as Tias imoderadas varriam de suas paciências.

Eu cavava cada dia um pouco mais, eu afundava as acusadas certezas do corpo cada dia um pouco tanto. As palavras deslizavam incidentes, esfolavam as paredes do buraco mastigando os comichões do desejo entregue, que esperava os meninos mais velhos e a posse, esperava o céu prestes a cair e o perdão, esperava o semblante do amor da Mãe transfigurar-se da água funda e revolta para milagre, renascimento, recomeço, até que ela enfraquecesse as vontades, as suas, de mãe sacrificada e aceitasse o meu vazio crescido, a minha idade vencida, o meu mundo perdido, nos olhos, nos dedos feridos pela ruína da casa.

Eu pretendia os restos da casa depois de limpa e caída, antes do esfacelamento inteiro; eu pretendia morar no buraco cavado no quintal, quase tão fundo como o avesso do lar, fundo e longe, o braço do buraco tão distante que alcançava a raiz da casa. Eu queria esgotar o corpo do buraco com os tocos dos santos da fé da Avó, e os galhos magros murchos das ervas do Avô, a ameaça de sangue nos golpes das Tias, seriam os bichos valentes da vigília ao buraco, e só com a minha permissão alguém prolongaria a queda.

Queria que o amor da Mãe, o resto dele que fosse, tudo que fosse lasca e sobra, poeira que expulsava para fora da casa, fora do corpo, seus modos de tapar goteiras, de sobreviver a dilúvios de uma seca-que-não-existe-mais sem pedir socorro, eu queria o buraco cheio disso, queria ter o buraco encorpado e afundando até a origem do passado, minhas unhas guerreando contra as raízes duras de nossa herança, as larvas infernais que digerem os mortos e as histórias do nascimento da casa. Queria ver onde aquela casa tinha sido parida, se existiam sangue e desgosto, se existiam pressa e decadência, se no momento da luz e do choro existiu palavra ferida e alguém foi amaldiçoado com putaquengaescrotavagabundapariuumfilhodaputa. Eu queria encher o buraco nascido e parido por mim de respostas, pó, resquícios da casa chorada, frangalhos do céu despencado, meus pedaços de mar, meu fundo de rio, a posse alucinada e voraz dos meninos mais velhos. Mas só eu cabia no corpo do buraco, no crescimento encorpado do vazio, que se alongava até a matriz da casa.

A Mãe dissolvida na agudeza de uma dor repetida, gritava e sentia a falta que o desassossego agitava na casa: *Faltou encher os baldes d'água, menino.*

Mãe, agora não dá mais. Não deu. Estou enfiado no corpo de um buraco que inventei, acho que pari isso aqui e caibo todo dentro, estou mais distante agora, e perto da origem da casa, posso desaguar meus pedaços de mar e fundo de rio e céu despencado, é aqui que afogo, nasço e parto.

Volta pra dentro da casa, menino!

Mãe, agora não dá mais.

A única doença que homem não teve na nossa família foi parir.

E os sons dos cachorros mordendo silêncio irritado a noite toda. Toda é o que quero dizer que algo é grande, tanto sem fim como impossível. Uma coisa grande é a sombra que ocupa a casa. Porque a casa é pequena; do tamanho do olho da Avó ao temperar a magreza das comidas, milho-feijão-ovo-e-galinhas-bota-muita-gordura-e-sal, com os vermelhos da estrada que se alongavam da nossa porta às portas alheias. O olho da Avó abraçava o nosso corpo, o meu, e não se despedaçava em cacos tremidos e pedaços de céu. A casa era o olho da velha, minha avó, quando satisfazia abraço e não amansava medos. E a Mãe chamando meu cansaço de *criatura*. *Tu não vai parar de chorar, criatura? Diabo. Desgraça. Coisa ruim. Amaldiçoado do cão. Desgraça. Peste. Maldito.* E os dentes dos gatos miando a imitação de frio que fazia-nos caretas contorcidas, à noite. Um monte de morcego de asas sussurradas amarfanhava o sono da casa, que roncava cada pedaço seu que caía, que não parava de cair. Os cacos da casa cricrilando pó e sombra. E os passos da gente tropeçando nos ecos das quedas da casa. E tinha sibilo, relincho, miado, latido. *Esse diabo desgraçado coisa ruim que não para de chorar, tu não é gente não, criatura.* E o grunhido dos porcos ensebados mordiam os limites do chiqueirinho para escapar. A noite toda, todinha, gemendo dentro do meu choro. Toda é o que quero dizer que algo é grande, tanto sem fim como dolorida. Uma coisa grande aqui é a boca da gente engolindo um amontoado de fome, essa com a partida na ponta da língua. E a Mãe berrando desatinada: *Esse cão não vai parar de chorar não?* Relincho, grunhido, latido, miado, a casa caindo em cacos sombrios.

A Avó dizia, a voz arrastando os pés no chão salpicado de céu despencado: *Pega a coisa que tá lá em cima daquele negócio.* E apontava para o canto escuro de fumaça assada do teto da cozinha. *O quê? Pega lá,* e fazia a ponta dos dedos médios e polegar gemerem um tipo de grito: *Ali, lá acolá, pega a coisa lá pra eu guardar aqui na gaveta do quarto.* E gritava *Pega láááááááááááá a coisaaaaaaaa pra eu guardaaaar logo antes que os bichos comam.* É comida, pensei. Mas em cima da casa? Duvidei. *O que é, Vó? Aquela coisa que teu avô trouxe na semana passada. Que coisa, Vó? Eita, meu deus do céu! E precisa saber o nome pra subir lá e trazer pra cá?* Podia ser uma lata cansada de ferrugem e vazia dentro, trancando a secura da farinha amarelada que as vizinhas do final da rua sem fim preparavam. Podia ser os pintos não nascidos trancados nos ovos da galinha amiga da Avó, aquela última que não morreu. Podia ser milho arrancado da espiga, seco de arrebentar a mordida dos dentes que nos faltam quase todos. Podia ser qualquer coisa. *Vó, não consigo subir lá. Deixa que eu pego, menino.* E ficou parada lá, no canto, olhando para o breu que se agarrava ao canto da casa, esperando um milagre acontecer. *Quando teu avô voltar pra casa, ele arranca a coisa de cima.* Podia ser deus, a fé salvadora, podia ser algo que ocupasse a insistência da fome, aquele que queria continuar a ser e não podia. *Quando teu avô voltar pra casa, ele arranca a coisa de cima e dá pra mim.*

O Avô tinha um céu cego nos olhos. As nuvens escorriam cansadas quando ele chorava, iam lavando o caminho enrugado e torto traçado no sorriso sumido, mirrado. O céu de sua velhice não enxergava a própria boca, o dente único todo escuro, noite, estrela decadente. Ele soluçava, lamentava o neto chorando com aquela fome muito antiga, as filhas berrando de ódio, a esposa absoluta de tempo que não parava de correr nos ossos quebradiços. Ele soluçava e o céu cego em seus olhos deixava um vento fino arremedar as baforadas dos lábios, e caía, desabava.

Teu menino já sumiu de novo, quenga. A voz das Tias, irmãs da Mãe, esgarçavam a fraqueza do meu sumiço. *Só vive aqui pra deixar trabalho pra gente. Ele faz comida, e não acaba a fome. Limpa os cantos da casa que parece que quer chegar ao nascimento da gente. E chega todo imundo aqui dentro, pesado, com aquele caminhado torto de quem vive afundando. Se ele não voltasse todo dia, nós íamos te mandar embora junto com ele. Mas olha aí o tanto de lonjura percorrendo teu corpo, teu braço nem alcança teu filho sem destelhar o amor dele. Égua. Quenga escrota puta ruim diabo do meio dos infernos só podia ter parido um bicho esquisito desses.* Eu escondido nos olhos ardidos da Avó, que olhava pra baixo da saia e gemia *shhhhhh* não faz barulho, meu filho. Ela me chamava filho para eu saber que era hora de ficar quieto dentro do segredo.

A gata amansava o miado aos pés da Avó. Não tinham mais mãe, mortas antes delas. Não viram as mulheres e fêmeas seguintes brotarem do corpo das filhas. Os olhos estreitos caçando modos de atacar a fome, alguma: galinha e o pescoço chorando sangue e carne branca para a Avó; rato sujo, barata tremelicante, grilo, resto de comida que faltava, tudo a gata sabia comer. A Avó e a gata pertenciam-se em uma solidão só delas. Até a gata morrer envenenada pelas mãos do Avô: *Diabo de tanto gato sem fim dentro desse quintal. Desde que me entendo por gente esses gatos não param de nascer aqui dentro.* Morrer os gatos envenenados era um jeito de terminar o passado. Antes de a morte morder a esposa todinha, o Avô reclamou que ela, a Avó, a mulher, a sua, roncava o peito feito uma gata empeçonhada.

A estrada sem fim quase terminava no rio, na casa da mulher mais velha da cidade, no final dos seus olhos. O sol fechava seus olhos queimados para esperar o ressonar do céu despencado. Além do quase fim da estrada de terra vermelha e quente, o caminho continuava em mim. Eu trazia as ruínas na casa embaixo das unhas imundas; trazia a terra enraizada nas fraturas dos calcanhares, passos que ardiam, as pernas cambaleantes de tanto chorar.

Mãe, apareceu mais uma casa.

Nasceu outra criança.

Ser mãe é um jeito de morar.

As casas, as outras, não conseguiam conter a partida que se estendia para além do corpo. As casas, com as pernas cambaleadas do tempo, saíam do lugar e não caminhavam, permaneciam nas beiradas de ruínas contaminadas que abraçavam a vizinha e a outra vizinha e a próxima vizinha e a outra vizinha, e mais uma família, escorando-se em parecenças estilhaçadas, a aflita reverberação da decadência.

Um carro atravessava a cidade pela primeira vez, todos os dias. Os seguintes, carros e dias, eram velozes, e a carreira sem cor do veículo sustentava no ar a poeira da terra vermelha e o silêncio violentado. As casas, e seus olhos, não acompanhavam a pressa do carro. Dias seguintes, motocicletas rasgavam as noites e mordiam os latidos dos cachorros, o silêncio novamente esgarçado pela velocidade estrangeira. E as bicicletas, e seus trectrectrectrectrec enferrujados, serenavam suas velhices ultrapassadas. As mulheres nas casas, e suas pernas e sustos, contemplavam as máquinas, melhores que seus corpos, cortarem a estrada, fazendo-lhe parir um horizonte inalcançável.

E havia numa das casas o menino cego que dizia muita palavra com os olhos. A casa de paredes feridas e um vermelho seco e doído que parecia o grito do menino quando a brancura da vista mordeu as belezas enxergadas em torno. E o menino não via mais a mangueira que derrubava polpa gosmenta para alimentar sabiá, e o menino conseguia catar o erro de encontrar um amontoado de pedra ao invés da fruta e mordia a terra e quebrava os dentes. A brancura das vistas abraçou-lhe a dor, e o menino gritava no dia que o véu opaco de tristeza chegou até sua tolice destemida, aos seis anos, e depois, aos oito, o menino passou tantos dias e muitos meses sem saber como o mundo mudou tão pouco na dor do tempo demorando a passar, como a cidade cresceu tão nada na sua vida apequenada.

O tempo prendia seus dentes nos olhos brancos do menino que chorava seco, não escorria mais nada do menino. A mãe do menino aparava as brincadeiras tristes que ele inventava com as pernas das cadeiras e os machucados nas pernas, e ele gritava e dizia que era um mapa de uma casa que é uma cidade que é um lugar enorme que ele nunca ia conhecer; o menino chorava seco e dizia *Mãe, é por aqui*, na mancha da perna mostrava o caminho para um lugar maior que aquele.

E todo dia o menino esbarrava na cadeira da sala, duas, na perna da mesa no quintal da casa, a única mesa, para nascer o mapa do mundo. A mãe do menino dos olhos anuviados procurava a Avó, queria emprestar ao filho um jeito de saber a cidade, a casa, o amor das coisas e bichos e gente que experimentava as cores e os sumos de tudo ao redor. A mãe do menino dos olhos leitosos e firmes procurava o Avô, o meu, suplicante em pena e dó, queria que o filho voltasse a ser o menino de alegria transparente que tudo sabe. O Avô dizia *Teu filho sabe o mundo melhor que nós, olha para ele e vê*: o menino olhava para o céu, o corpo de pele toda marcada de continente que nós desconhecíamos, e chorava. E o céu começava a despejar água e choro que engolia seus olhos lamentados e afundava o menino no segredo da chuva. *Mãe, é de lá que vem o milagre.* E o menino nunca mais voltou a ter mapa na sujeita das linhas do corpo escuro.

O menino morava na casa de paredes encarnadas, mais alta que a nossa dor; a casa engolia com uma palma dura o jeito de o menino esbarrar pelos vazios da casa, e tinha um jeito de ecoar os sussurros do menino pedindo uma luz que abrisse passos para além dos tropeços. Tudo continuava escuro e escondido nas mãos do menino que ele sentia pousadas no meu rosto, quando ele entrava na casa, a nossa, de paredes feridas. Ele me visitava com as mãos estendidas, esbarrando nas paredes e levantando mais quedas da casa. A Mãe avançava pelos gritos das Tias, as minhas, *Diabo desse menino imundo já veio fazer o quê aqui*, avançava cortando a fome, sempre à espreita, nos cantos escondidos, avançava pelos berros das cabras curiosas arregaladas na janela, avançava sobre mim e encontrava meus olhos trancados em lembranças da Avó defunta, triste, escavada, escondida no fundo, amarrada ao nascimento da casa.

O Avô dizia *Segura na mão do menino com aqueles olhos esparramos de sonho limpo e não deixa ele caminhar sozinho pela cidade*. O Avô dizia isso sem olhar para mim, e dizia com uma voz tão grande que eu sabia que seria impossível ajudar o menino a ver o caminho que escapava dele e enchia suas pernas, especialmente as pernas, de outros lugares do mundo, maiores que a cidade. Eu deixava o menino seguir sozinho e o guiava com a voz *Por ali, por ali, esquerda, esquerda, direita, eu nem sabia o caminho*, e gritava *Seu burro, é por ali*, até ele cair no rio e deixar escorrer a chuva que seus olhos engoliram ontem, anteontem, há séculos. O rio aumentava de tamanho, e o menino me ajudava a encher as latas vazias de água escorrida.

Voltávamos com as latas chacoalhando na moleira da cabeça e o barulho de mar enchendo o ouvido de nós dois, o menino rindo dizendo que o mar era impossível, como a fome. Ele ia à frente tropeçando, rindo, fios de água escorriam pela lata enferrujada e encharcavam o calor do menino gotejante. A água lavava muitas vezes os olhos alvos do menino até a lata chegar vazia a casa. A mãe do menino olhava para ele como se esperasse o fim do mundo. Olhava para a lata fincada na cabeça do filho, enfiava a mão inteira dentro da lata, e voltava encharcada de rio. Ela ria, tirava a lata de cima do filho e ria, gritava mesmo estalando a fraqueza da criança de olhos esbaforidos e mudos que ele era. O menino tinha esse segredo a vida toda dentro dos olhos cândidos. A cegueira era um jeito de segredar um milagre.

O menino de olhos mudos me beijou uma vez. Enfiou a língua seca na minha boca, depois tirou os lábios todos escoriados de gritos de socorro e lambeu meus olhos. Lambeu meus olhos. Lambeu meus olhos como quem arranha com os dentes caroço de seriguela. E ficou ali sugando meu jeito de saber o que a casa, a cidade e o mundo eram. O menino queria roubar meus olhos. Aconteceu uma vez, uma única, antes do menino e a mãe sumirem da casa de paredes vermelhas, embarcarem pela estrada que ia até além de não se sabe onde, com uma mala de juntas empenadas que ria da cidade como se fôssemos palhaços de circo. A mala ria porque nunca mais ia voltar, porque nos deixava para trás. O menino não sabia o caminho dos passos da mãe, que não disse nada além de *Cala esses teus olhos e não fala com os meus*.

A Avó, a minha, ao ver o menino de olhos latejados e trancados dizia *Ele parece o meu irmão*. O irmão da Avó tinha olhos entrincheirados nos sonhos, nunca saía do que era noite. Tocava flauta, ela dizia, e fazia a casa da mãe da avó e mãe dele mover-se para frente nas histórias que viriam a ser contadas. Ela contava que o irmão aprendeu o som da flauta só de ouvido. O ouvido falou com a flauta que disse tudo que ele precisava saber. E o irmão da Avó catava o tamanho da casa, da cidade, do mundo, soprando o que não tinha nos pulmões, vibrando o que não tinha nos ossos, afundando o que não existia na fome. Ele soprava, vibrava e afundava.

Vó, ele era cego?

Não, filho, ele *inventava ressurreição*.

Ela me chamava de filho quando queria um milagre só para si.

O menino sumiu, Vó.

E meu irmão?

Teu irmão sumiu antes de eu nascer.

E a Avó continuava a contar que o irmão, com os olhos gêmeos aos olhos do menino de vista pastosa e cheia de fantasma e sombra, soprava flauta, dançava com os dedos enraizados em cordas velhas no corpo de uma rabeca. *De uma o quê? Rabeca. O quê? Rabeca. Como? Rabeca, diabo de criatura curiosa.* E ela se irritava assim quando falava do irmão de olhos rotos; era a única vez que a Avó gritava na direção da minha curiosidade inflamada, depois chorava, e engasgada com a assombração da música vazia do irmão todo torto, esparramado em sua lembrança velha onde ele vivia de pernas amarradas em osso e pele, e se rastejava para ir ao banheiro, e mijava nas calças antes de chegar ao buraco no quintal vencido da casa antiga, se cagava todo antes de pedir socorro, e chorava. O choro da irmã, a Avó, a minha, e do irmão encontravam-se nos lamentos da mulher que ela era além de amor, coragem e sede, que sacodiam a memória para trazer o menino de olhos estreitos de volta, para trazer o irmão de olhos contaminados pelo fim do mundo de volta. O irmão foi engolido pela terra. O menino, pela estrada sem fim.

Teu irmão era cego?

Não, filho, ele era criança.

E a casa nunca mais voltou a ter olhos depois que a Avó morreu.

O buraco enterrava a morte do Avô, e eu esburacava a falta com mão de terra lançada sobre o corpo enrolado em lençol amarelo de sonhos de ontem conquistando as derrotas do tempo. E esse tempo afundava o Avô, cada vez mais longe, que não era mais todo homem, era resquício das passagens da vida, a alegria toda, toda, toda enrugada, comida pela raiva da casa em ruínas. E a morte enterrada procurava o corpo sem murmúrio da Avó, a minha, morta e sepultada, há mais de uma filha e um filho, mortos.

Tem gente que morre, e o tempo não tem força para enterrar.

O Avô, o meu, só sabia do dente doendo quando comia. As dores confundiam-se no corpo. A aflição rasgada em corte no osso partido do dente abrigava qualquer comida com um gemido, e crescia aos poucos o escuro manchando os dentes, falta por falta, um por um, quando ele mastigava qualquer fome, doce ou salgada, ou quando farelos de farinha se escondiam nos buracos crescidos em cada um dos dentes, ele sabia que não era mais dor de fome.

A amargura chorava se havia comida, a dor empurrava a fome do Avô para longe, para dentro do quarto, onde ele guardava uma lambança danada de aguardente, água oxigenada e talos de hortelã arqueados de seca e calor, e socava tudo na boca, bochechava gargarejos praticados com destreza, os olhos choravam os podres dos dentes que caíram, um a um, ano após ano. Até sobrar um único dente. Dores, o Avô possuía algumas: as filhas escovavam os dentes, todos os dentes, todos os dias, e não sabiam rir, a esposa, a sua, perdeu o sorriso antes e depois de casar-se com ele. Eu era a única, a última pessoa a restar com vinte dentes na boca. *Perdi treze, Vô!*, eu dizia, com a boca doce de cana de açúcar roçando resto da agonia apodrecida na boca, e abria-se um campo coberto de vento e poeira encarnada, que varria o hálito escuro do Avô incapaz de enxergar o fim da estrada.

O Avô raspava com a ponta fina da faca o risco podre que surgia nos meus dentes restantes. Ele queria calar a dor do meu sorriso aflito, ele queria arrancar de mim o maltratar da fome que contagiava meu jeito abobalhado de pedir socorro, como se eu pudesse ser diferente deles, da esposa, das filhas, as suas, as minhas, Avó, Tias e Mãe. A casa perdia os modos de rir e mastigar, e o Avô enfiava uma faca afiada na minha boca e tentava catar nos cacos a dor, me mandava encher a boca com cachaça, depois ele vinha com a faca mirando e cravava o corte no núcleo risco escuro do osso. Ele chorava soluços noturnos que acordavam as sombras da noite dormida dentro da casa. A tarde perdida no fim da estrada, e seus matagais acumulados e destratados pelo dono da cidade, revirava seus olhos capim-de-cheiro prepotente, tédio e volúpia.

Eu não tinha medo de sua mão tremida e velha errar o cálculo do socorro e arejar minha garganta e lavar meu sorriso com a vida flutuante que regava os vasos. Ele sabia o que salvava em mim, aquilo que a fraqueza do meu corpo dizia-lhe, os suspiros ressecados de fome, aquela que quase não existia mais, e os olhos dispersos pela casa.

E preparava barro e cimento, arranjados não sei onde, tapando as chagas da casa, o Avô, o meu; um desajeito grosseiro na perna vacilante de doença sem cura, as mãos montanhosas rolando do topo das certezas avoengas, lavadas por dentro, nos caminhos de dentro, com cachaça e saudade, o filho que não cansava de morrer, todo dia. E as paredes choradas em ranhuras vazadas de tristeza e luz que vinha de fora, sol ou lua, ou latido de cachorro e murmúrio da cidade. Tudo que entrava se amuava nas rachaduras.

Ele tentava tapar as feridas da casa. Tentava arrancar os riscos quebrados de dor nos dentes restantes, tentava amparar as paredes da boca, as vigas do corpo, as magrezas incômodas, e tudo doía, ardia, caía, os miúdos pedaços, poeira e um choro fino, de criança. A boca da casa perdia teto, e o céu oco aumentava de tamanho.

As estrelas, no céu despencado, rodavam sua saia comprida e larga de vento morno. O Avô tinha matado a fome que roía a dor nos meus dentes e nas paredes feridas da casa. Eu, bebadinho, com vinte dentes restantes, e a casa, aberta em chagas insones e mortes que não cansavam de se repetir.

Não esquece de cuspir a cachaça da boca, filho.

O Avô sempre me chamava de filho nessas horas.

Eu engolia a cachaça e os cacos de fome saciada que ele se esquecia de arrancar.

A primeira vez que senti medo foi a última vez que fui arrancado do corpo da Mãe, a minha. O medo cresceu quando o Avô tirou fora meu décimo dente. O medo aumentou seu sacrifício, quando as telhas iniciaram-se em quedas e estardalhaços, abrindo-se em estilhaços, no chão da casa. Nossos pés carregados de sangue pisado, e meu décimo dente aberto em falta, caído na sua mão. Minha boca vermelha, vermelha, encarnada, carne fresca sangrada, latejando, polpa de melancia escorria, e terra vermelha e levantava os giros do tempo que costuravam a passagem dos dias.

Preciso ir ao tiradentes, Vô.

Vai nada que tenho que colocar aquelas telhas tudinho.

Tem muito sangue, Vô.

Chama tua mãe que ela vai contigo.

Mãe, vamos?

Não posso agora, preciso limpar esse estrago maldito que tu fez na minha vida.

Mãe, eu já cresci dez anos, acabei de nascer faz tempo.

Teu nascimento não acaba nunca, filho. Arranca o sorriso e cala esses teus dentes.

Os dentes caindo ao correr da queda da casa, que ia longe, para trás, buscando os pais do Avô, o meu, seus pais, e os seus avós, nem sei o que eram meus, um punhado de terra e pedregulho engasgado na garganta do tempo. A casa perdia um tanto de sorriso na dor que não nos deixava. Vinte dentes a menos, falta. Alguma fome sacudia as chagas da casa, a raiz dos avós dos avós dos avós do Avô, o meu, tão profunda e viva, repetindo e repetindo a história do lar quase todo desfeito, apenas se remoendo em desmanche.

Uma boca encharcada de fome tem uma raiz apodrecida nas palavras segredadas dos avós dos avós dos avós do Avô e da Avó, os meus. A raiz do lamento, risco sujo e sombrio, caco de riso caindo aos poucos, no esticar dos anos. Até que chegou a nós tão profundo e claro. *Sei rir com o que nos falta, Vô. Olhe para mim.* O que tinha dentro do buraco que não parava de crescer na bravura das minhas mãos, eu cavava, cavava. E o meu sorriso não parava de abrir seus ocos esconderijos, e cabia tudo dentro: farinha amarela e fuligem, feijão em falta, carne em falta, a raiva, cabia a casa caindo aos choros, pedacinho por pedacinho, até a boca inflamar e não conseguir pedir socorro. Cabiam os paus dos meninos mais velhos, e os gritos da Mãe, a minha, cabia a raiva das Tias, as minhas, e cabia a morte ressecada do Avô, a morte gemida da Avó, os meus. De longe, no fundo, vinha um grito seco que cavava cada vez mais longe, até chegar à raiz da casa, do dente, e escorria pelo canal fino que levava ao começo de tudo: o meu nascimento foi a ruína da casa.

Na boca do Avô um dente pontudo varava a gengiva para defendê-lo da tristeza; um riso primo da desgraça impedia os seus lábios da quietude envelhecida do corpo. A língua não sossegava, a ponta indomável roçando a área miúda do dente saliente, que era obstáculo para o rio de água barrenta que ele engolia, a montanha de farinha misturada a feijão. Era a lança afiada que traçava os difíceis pedaços de carne que chegavam à boca. O dente único era o carinho ridículo que a língua da esposa recebia nas noites de juventude surpresa que se apossava de ambos, e tinha mãos sujas de terra e milho que amassavam as pelancas enrugadas do corpo, e o dente encardido e podre do Avô arranhava a antiga e apenas suspeita maciez da pele da esposa, a Avó; a mulher, sua esposa, enfiava o oco da boca, ecos escondidos na caverna de desejos ressuscitados, na cansada e quase desistente rigidez do esposo, e encontrava o caco de osso afiado na gengiva, lambia, mordia com as gengivas rosadas, gemia, pedia socorro com os olhos trancados no escuro do quarto, sem abrir uma palavra sequer. O dente do marido enfiado nas carnes derretidas da Avó, a minha, sua esposa, tornava-se arma branca para defesa, punhal para sacrifício, pedra cravada em corredeira de rio perene, esconderijo de bicho submerso, carne enrugada, dentro do Avô, cheinho ele todinho de riso escuro, trincado, sinal de que só pode ser coisa ruim a possuir-lhe o corpo, o sangue, os ossos. O dente do Avô era uma fagulha de luz cansada naquele poço misterioso de sombra e desistência. E a Avó, com a língua grossa enroscada ali, na salvação do homem velho, seu marido, um pedaço de osso aos cacos, resolvia falar pra dizer *Não para não, homem, não para que tô quase lá*. Vó, eu gritava do quarto de paredes siamesas, *a senhora vai pra onde?*

Ele guardava os dentes caídos nas gavetas da cômoda encostada no canto do quarto maior da casa; o móvel carregado de empurrões antigos dos seus tios; seus pais e os irmãos desses, os avós daqueles, empurraram a cômoda de madeira de lei escura e arranhada pela valentia incansável dos muitos anos que se acumularam nos ruídos cansados da casa. Ele guardava os sorrisos sozinhos das filhas, da esposa, nas gavetas, onde viviam as intimidades das ceroulas furadas, das calças que dançavam ao redor de suas pernas magras. A pele avessa aos cuidados, as veias expostas em costuras coradas. Ele não revelava a perna cambita e muda contaminada de doença sem nome que matava criança. Ele, o Avô, o meu, sobreviveu às mortes de todas as crianças antes dele, nas casas vizinhas, antes da estrada sem fim ganhar o fim do mundo.

Cada quarto da casa, três, uma cômoda, um oratório, uma estante de coluna mordida de cupim, torta. Cada quarto da sala, a morte instalada como móvel antigo. E na sala da casa, uma estante abrigava velas, lamparinas, um cavalo de gesso cansado de tanto pó no lombo, os olhos brancos e rachados. A cozinha abrigava mesa com quatro lugares, cadeiras, e alguém restava em pé, e outro armário sorria ferrugem e cansaço, e quatro olhos de vidro rachados transparecidos de prato e copos de alumínio, garrafas transbordadas de gordura de porco morto, e garrafas de vinagre espumavam um amarelo entregue ao tédio, e licores de jenipapo e caju, e quatro lugares, porta-retrato, alguém sempre sobrava, e lamparinas ardiam na preguiça da noite. Não tinha fotografia-pintura da Mãe, a minha, não tinha cadeira para ela sentar e comer na mesa com quatro lugares e uma cadeira vazia. Só comia na despensa, morada, depósito de sombra e rato faminto, pó e passado, a preguiça do tempo em abrir-se em futuro lá dentro, caixas gordas das ervas e remédios vendidos pelo pai, o seu, o Avô, o meu, ocupavam metade do espaço.

A despensa era a boca banguela da casa entalada com a mulher que não sabia ser mãe, escondida, dispensada. Não havia móveis nos cantos do cômodo, nem gavetas, ou mesas e cadeiras na despensa. Existia o corpo da Mãe que ensinava aquele buraco com parede e teto da casa a ocupar espaço e existir. Batida na porta, a comida tá pronta. A porta sem chave abria a gemer as velhices da casa.

Tu pode sair daí, filha! Teu filho nasceu faz tanto tempo.

Não faz muito tempo, pai, e ele ainda tá perdido aqui dentro.

E do escuro, o seu pai, o Avô, o meu, não sabia se ela apontava para o próprio corpo ou para o esconderijo que ela fazia morada.

Uma gaveta da casa, a despensa, em desuso, lugar que trancava dente em caco, sorriso despedaçado, riscos escuros do cansaço do sol, e o corpo da mulher que pariu um estorvo indesejado há um ano, dois anos, três anos, oito anos, dez anos, doze anos, treze, catorze anos.

Filha, ainda tem sorriso no teu corpo?

Tá tudo trancado na gaveta da casa, pai!

Depois do seu choro, beijar os olhos da Mãe, a minha, era engolir pedras.

Eu subia na altura arbusto de catar fome da Mãe, que me deixava escorregar, rolar seu impossível abaixo, e quase ser soterrado pelo desespero. Ela sabia ajudar arroz e feijão a ocupar panelas de ferro e pratos de alumínio, extrair da boca do forno de barro teias de aranhas destelhadas de futuro, limpar o vazio que abrigava vez ou outra um bolor de milhos amontoados em palhas secas e a morte assada das galinhas a temperaturas borbulhantes. A Mãe sabia tornar os espaços escancarados da casa no escuro do chão de barro, na aridez das paredes ulceradas, como a meia noite do céu que nos ameaçava cintilantes, impossível e olhos fechados em si.

Nos tantos afazeres que a casa pedia, e a mãe, a Avó compartilhava consigo, eu ocupava as bordas ressecadas do que sobrava do tempo. A Mãe arrastava no caminho de areia e cacos de telhas da vassoura as todas e muitas horas que o Pai, aquele, não esteve ali. Fazia tanto tempo que parecia outra vida. Ela varria a ausência do homem que não quis ser pai para debaixo de mim, da minha presença mirrada e insistente. Eu subia no corpo da Mãe, escalava o comprimento calejado da vassoura até alcançar o seu braço e, quase caindo no precipício de sua urgência, alcançava seus ombros, muitos nus e suados, marcados de sinais chorados pelo desarrumo do sol, e fincava ali a carência faminta que fazia de mim um filho que não sabia ser outra coisa. Ela, a Mãe, me puxava de cima com uma mão apenas e me arranjava no canto da sala de casa, como bibelô de sua maternidade tormentosa, como uma falta plantada na casa. *Tu só pode viver em cima de mim quando eu precisar, filho. Preciso limpar a casa. Preciso limpar o homem que acontece em ti pela ausência.* E saía arrastando caco de telha, asas caídas de insetos, poeira agarrada a desgraças e doenças sem nome, restos de comida temperadas em merda de galinha e porco, folhas secas, frutas lançadas e picadas pela fome dos passarinhos, e pedaços de pedras, um monte de ruínas feriam os pés e berravam as desgraças de uma vida ingrata, os cabelos ressecados da vassoura toda gasta, e a Mãe desesperada para terminar uma limpeza do mundo que a permitisse ser outra.

Ela chorava sentada na dor que escapava, no quintal da casa. Seu choro era alicerce e queda, afiada.

O Avô lia o mundo sem quase saber todas as palavras.

As palavras, outras, não se entendiam Palavras nos olhos surdos que imitavam as quedas do céu. Olhar para seu jeito de ver as coisas era o espelho da casa.

Ele lia as feridas nas paredes que escorriam barro meio vermelho chorado de marrom escuro, e os pedaços aglomerados no pé da casa. Ele dizia Vamos sobreviver, caindo, mas sobreviver. Ele lia o céu raramente carregado de nuvens tenebrosas. Dizia *Tá bonito para chover, vai cair um mundaréu d'água.* Chovia. E ele escondia-se dentro da chuva, desaparecia para aprender novos modos de ler a chuva, o tempo, a casa, e a criança que eu era.

Ele lia os inchaços anoitecidos que mapeavam as tristezas do meu corpo, e espalhava unguentos de um pó verde e amargo que ardia e fervia a cura do meu choro. *Quem fez isso, filho?* Ele me chamava de filho porque achava que assim faria de besta a morte velha do filho, o único homem. O Avô sabia ler a queda dos meus dentes. Ele sabia ler os riscos escuros que percorriam os ossos dos sorrisos balidos, os meus, estradas curtas e apodrecidas que destruíam aos pouquinhos minha esperança e chances de beleza.

O Avô lia os traços de sangue amontoados escondidos sob a primeira camada da pele das filhas. O lado de fora das filhas, os tijolos expostos sem pintura e reboco, e as unhas armadas que trepidavam a integridade da casa, armadas em golpes afiados, combatendo entre si ofensas e impropérios, irmã contra irmã. Ele dizia O *que eu fiz com esse bando de mulher?*

Ele lia a fome da esposa, a Avó, lia o ronco vazio que ocupava todas as noites cansadas do seu quarto, casa ocupada de sonhos em suas redes, e os braços estendidos, as mãos amarradas num aperto a noite inteira. Ele lia a fome adormecida que quando acordava encontrava café açucarado e pão dormido do dia de antes. Ele lia os olhos caídos da esposa, que quase rolavam mundo adentro, e ele não sabia se era tristeza ou o modo que ela sabia amar a sua velhice impotente. Ele gemia e não era chuva, gritava e não tinha paz; ele chorava e toda tempestade pedia sossego, indulgência, alento, *eu só quero sossego e meu filho*.

O Avô lia as rugas da esposa, a Avó, a minha, lia os caminhos flácidos e escorregadios que ocupavam seu corpo franzino e todas as vezes que encontrava a morte na leitura da fraqueza da esposa, emudecia. Ele não sabia ler a morte, o que ela dizia quando resolvia chegar.

E quando a esposa morreu, ele desaprendeu mais o jeito de ler o mundo. Ficou amuado com uma cegueira recente nascida, ecoando as incertezas devastadas do vazio que arrancava cada uma das palavras que ele via e dizia não entender mais.

Vô, lê aquela estrada pra mim?

Não sei mais ler, filho.

Perdeu tudo quanto foi palavra e caminho.

Ele lia as terras da estrada que nos levava para longe de casa, o caminho que fazíamos sozinhos sem nunca chegarmos ao fim. *Toda essa estrada conta uma história diferente além da gente*, ele dizia, os olhos inalterados de cansaço mudo. Sabia que seguir por ela era ser outro também. Nunca seguia.

O Avô lia o riso desdentado do teto da casa que feria a imagem do céu; lia os pedaços da casa espalhados por nossos caminhos, os meus, das filhas, as suas, da esposa, a Avó, a minha, quando vivas.

Suas linhas caminhadas tropeçavam, mancas e envergonhadas pela doença sem cura e nome que mordeu a infância; o corpo gaguejava a cada passo e ele sentia a vergonha consumir a alegria. Ele nunca parava quieto, continuava a ler coisa, pessoa, os bichos, os sustos da fome, as histórias do nascimento das plantas, a secura dos corpos antes da morte narrar seu enigma. Lia, sem palavra; ou a palavra era uma coisa de nome esquisito. Em seus olhos silentes, tanto na superfície decrépita como no chafurdo de dentro, tinha coisa entendida da vida. *Filho, eu não sei se é a mesma coisa, essa que eu sei, aquela que tu brota no papel quando escreve bilhetes para tua avó.*

Ele lia o alicerce afundado da casa de tantos passados. Lia as portas escancaradas e as visitas famintas. Lia o berro dos bichos cuidados por ele, porco, galinha, cabra, pinto miado. Lia os olhos esbugalhados dos bichos que ruminavam a fome que mastigava mato, capim seco, resto de formiga. Sabia ler a podridão das frutas, os vermes amolecentes da sustância aterrorizada que nascia larva.

Ele lia a queda da casa, os cacos que gritavam clemência. Catava cada um deles e trancava no bolso até esfarelarem-se, e vazavam pelos rasgos tiquinhos da calça e acompanhavam seus trajetos. O Avô deixava um rastro de queda da casa em seus caminhos.

Isso é palavra, Vô?

Acho que isso quer dizer uma coisa que palavra nenhuma alicerça, filho.

Vô, onde o senhor vai guardar tudo isso? Não dá para guardar as quedas nas faltas?

Ele ia até a primeira gaveta, das três, da cômoda que morava no canto do quarto, e apontava para dentro. Lá, ele guardava os nossos dentes e os rosários de contas da esposa, a Avó, a minha, guardava a falta das chaves das portas da casa. Trancadas ali estavam as facas e os esparadrapos e ervas curantes que usava para consertar nosso sorriso. Havia os olhares devotos dos santos esquartejados em fraturas e pó da esposa. Ele guardava documentos que comprovavam que a casa era da esposa, assinados por letras nostálgicas da herança remota da mulher mais velha da casa; letras dobradas sobre letras, grossas de passado e raiz, a mulher mãe da mulher mãe da mulher mãe da mulher mãe da mulher abria seu legado em relíquias de papel e afeto: é tua a casa, filha, *é tua a casa, mulher, é tua a casa, mãe, é tua, vó*. O Avô não sabia ler as heranças da mulher que franzia o corpo quando ele a tocava, e berrava A minha mulher e a minha casa.

Ele lia os segredos da gaveta e gemia *Vou guardar tudo aqui*. E as palavras ou coisas que ele lia da vida. As palavras não guardavam mais que o silêncio das ruínas da casa.

O Avô, o meu, aprendeu a ler a doença que assolava a vida das casas e suas mulheres e seus homens-distâncias. Ao redor da casa, a nossa, o alicerce das demais estendia seus dedos enraizados e algo naquele toque subterrâneo as tornava íntimas. Comunicavam-se em tramas e sussurros antigos, clamando coragem e resmungando ausências. E comunicavam-se com ecos carregados de terra e umidade, nas profundezas das doenças, céu e deserto cravados na superfície de suas paredes. As avós, as mães, as faltas partidas dos pais dos filhos e filhas, adoeciam sem hora ou dia, e buscavam nos unguentos cantados do Avô, a cura preparada que libertaria a rotina da escuridão consumindo seus corpos, cômodos e caminhos.

Ele lia o que cada doença tinha a dizer. Ele lia as linhas purulentas, sílabas póstumas, vogais abertas em feridas gritadas de ardor e sangue, frases compridas latejando gemidos, e palavras febris, dissolvendo os olhares que buscavam respirar saídas. O Avô conseguia ler as letras miúdas dos berros ancestrais das crianças das casas outras que visitavam a morte desconhecendo sua hospitalidade, em cada gemido quebrado um caco. Ele entendia os pedidos de ressurreição, e os trazia de volta com banhos, unguentos e gororobas grossas e borbulhantes em cores, cintilantes de fé rebocada de coragem e velhice, e cantorias de uma voz abrigo de tons melancólicos e caminhar secular, que se arrastava do interior da casa, lugar das lembranças e amor infalíveis para o corpo das doenças e as expulsava de todos os cantos. *Volta para o teu lugar que esse corpo já é lar de outra vida.* O Avô lia a fuga das doenças das casas vizinhas com olhos difíceis, as pálpebras amansavam o choro, a velhice da voz desfiada e descontente, desconfiado de que o fim que não calava suas dores naquelas moradas alcançava a casa que ele não conseguia sarar, a sua, a nossa. Lia o mundo. E sabia ler as ruínas que carregavam suas palavras.

As portas escancaradas não calavam seus olhos ressecados. Eu chegava a casa e o corpo deixava aquietar o amontoado de hematomas continentes e submissos no meu corpo devastado. Os meninos mais velhos aconteciam em mim com suas luas cheias de uivos e pelos eriçados quase homens, mais homens que minha infância desbotada. E ao avançar para o interior da casa, a porta da cozinha impregnada de porco magro, morto e fome, a porta da sala de ser toda capenga e possuída como a saia do vento quente da cidade, a porta do quarto da Mãe, a minha, uma muralha deixava escapar pedaço a pedaço para dentro, pelas frestas, todas as passagens para o interior do meu corpo úmido, rastro de lodo que carregava fundo de rio.

Eu chegava à presença adormecida e vasculhada da casa, aquietava a montanha de marcas lúgubres e entregues que os meninos mais velhos escalavam, subiam e desciam, jogavam-se do alto e iam do topo aos pés com uma valentia capaz de demolir a derrota que eu já entendia minha. Eles não queriam me ajudar a vencer, emprestavam-me derrotas com a língua cortante, os dedos furiosos fuçando os esconderijos que nem eu mesmo sabia existirem.

As portas abertas contavam todas as nossas invenções de corpo, ruína e fim, e ninguém ali queria ouvir as palavras arruinadas escapadas do nascimento da casa.

A Avó arrematava as feridas amalgamadas à existência furiosa das filhas na cozinha, seus olhos dentro do caldo fervido das panelas e suas camadas de gordura forrando a falta cozida, dilatando-se no espaço aquecido que, aos poucos, parecia existir cada vez menos, a cada bicho morto, a cada grito de cansaço, a cada surra desabafante ardida pelas filhas. Ela temperava os ovos de cascas sujas de bosta, direto do corpo das galinhas para a frigideira chiada e muito quente, e os ovos estalados, salpicando bolha sobre a sua carne velha, tão assada a cento e sei lá quantos sóis. E os ovos nascidos da galinha, a sombra dos pintos branca e um grande olho amarelo tenso dominavam os cortes escuros da fome nos pratos de alumínio.

Os ovos, um para cada filha, as Tias, uma para cada batalha, abriam-se claros fumegantes e amolecidos, esparramados pelos nós e crateras cariadas dos pratos, e lambiam os tantinhos de grão de arroz duro. Não tinha feijão, e tinha farinha. Enchiam a boca de farinha, depois arremessavam um pedaço do ovo quente na boca e mastigavam. Ela via cada uma de suas crias soletrar os vazios abrasados de si com olhos mastigando o sal enervado que enchia os corpos de ressurreição. A Avó lia a fome das filhas morrendo, grão a grão, e as bocas lambidas do amarelo enfeitiçado que contorcia os lábios secos e o revirar misericordioso de olhares-fuligem. Via as filhas soletrando a fome morrendo toda vez que a boca abria e a comida entupia os ocos dos dentes e escorria corpo abaixo. É assim que se soletra perdão, misericór*dia*, *fé*. É assim que se soletra *amor*: a fome morrendo pela beleza dos ovos contados, poucos por dia, um para cada filha.

Ela havia palavreado sua sabedoria até saber catar todas as letras e riscar o próprio nome, só o primeiro. Era a única palavra que ressoava na ponta do lápis e no fundo da Avó, a minha. Ninguém na cidade sabia ler a fome como ela.

Vó, como é que se soletra fome?

Coloca água na panela e no fogo, e deixa ferver, quando o sol estiver nascendo dentro e o rio da panela quase secando, escalda e depena a galinha morta, o pescoço rindo o vermelho esgarçado para fora, e limpa o couro velho das penas, e tempera, salga, não deixa passar o tempo para medir o gosto, enfia no oco do corpo do bicho pimenta do reino, e fome, depois coloca na goela do forno de barro e deixa estalar o cheiro de cominho e corante até fazer creccreccreccreccrec e o fogo engolir o cansaço do assado da galinha, e depois enfia os pedaços do peito, das asas, dos pés, do pescoço, sobrecu, os rins, a moela, a pele rasgada e salgada, dura, tudo desfiado com a atenção veraneia dos dedos, manchados de terra e do queimado da madeira que acendeu a quentura do forno, e mastiga, cada nhac crec dos dentes abraçando dente, do dente encontrando falta, da falta com falta, a língua enrolando a carne branca da morte quase torrada e salgada, escorrendo para o interior voraz desesperado do corpo e cada mordida, o soletrar da fome.

E os ossos?

Os ossos eu não sei ler.

Entendi, Vó. Mas demora muito para soletrar fome?

Demora mais é matar o que te engole, filho.

Vó, como é que se soletra a fome pela última vez?

Assim:

As chamas esparramadas engoliam o oratório e mastigavam a impiedosa imobilidade dos santos, e do canto da casa da fé, o depósito de oferendas tremulantes das velas. O fogo exaltado engolia as sombras da casa dos Avós, os meus, e pintava o espaço do quarto de uma noite imaculada que se desfazia com muitos sopros, sabão e um balde d'água, e o choro desembestado da Avó fazia tremer-lhe a inocência conservada na infância distante e apanhar as cinzas amontoadas do fogo que salvava sua fúria.

Ela segurava com as mãos ocas e unidas sua fé incinerada, a madeira do móvel e dos santos, as contas coloridas dos terços, as flores servidas em oferendas perfumadas, apertava uma força escondida nos ossos carcomidos e via as ruínas dos milagres que nunca aconteceriam caberem nas dobras e gestos solenes que fazia com os braços e as mãos, pedindo perdão, *meu deus, perdoa o menino, foi ele, meu pai do céu, mas perdoa*. Eu com a lamparina na mão, o querosene engrossando a chama e a fumaça frondosa invadiam as marcas da minha infância escapada, ferida, fundo de rio.

Queimei a fé da Avó. Taquei fogo na última lembrança que ela tinha do filho, suas faltas que se repetiam em mim. Suas lágrimas corriam em ladainhas abandonadas pelos cantos chamuscados do corpo.

Eu não sabia quando a Avó morreu. Se morreu no nascimento do único filho homem, ou morreu ao ver nos olhos estúpidos do marido, o Avô, o meu, o tempo desperdiçado que o amor não resgatou. Morreu com as feridas plantadas pelo corte bruto das unhas das filhas, que se enfrentavam ressoando no caos da sala, dos quartos, na cozinha, levando cada cômodo a desistir de abrigar recomeços. Nasci no grito, o primeiro, da Mãe, a minha. Nasci, cada vez um pouco menos, a cada berro, filho anterior ao primeiro, que ela empurrou sobre mim ao dizer *Caminha feito homem, seu merda*. A Avó morreu dentro de cada um daqueles gritos, sufocada. Ela morreu na morte do marido, deixou-se levar pelo futuro. Bastava pensar que um dia ele findaria, e a Avó, a minha, morria. Cedia o corpo, músculos e ossos finos, os olhos desencobriam o início da cegueira, a boca engolia as securas do tempo da cidade, e a Avó morria até o marido chegar a casa e dizer *Parece que tá morta, mulher*. Ela ria, abestada na boca cansada de dente, e desistia de mais uma morte.

A Avó morreu tantas vidas que quando ela morreu mesmo, ficou se repetindo na casa em tudo que ela acontecia, a falta ecoando, abrindo eco, faltando, ecoando falta como se a casa fosse toda repleta de um fundo impossível de ser alcançado, e a morte da Avó, a minha, acontecia todo dia cada vez mais presente, colorida e quente, rindo abobalhada e sem dentes, emprestando rugas quebradiças às paredes incansáveis em suas quedas aos cacos. Foram os ecos impregnados de sua morte que ensinaram ao marido, o Avô, o meu, a ouvir o chamado do fim.

Vó, como é que se soletra morrer?

Como é que se diz pra morte ir embora?

Que palavra eu invento para espantar a morte da casa?

As palavras escapavam para as feridas da casa e não voltavam a fugir.

Vô? E então o eco assobiava partida. *Vô?* E o eco abrindo-se em desesperos mudos, gestos infames à espreita no olhar faminto das últimas cabras, que não conseguiam berrar sua fome da mão seca de milho do Avô, o meu.

O Avô assobiava para tentar despertar a morte da esposa. Cantava até o que não existia. Tentava acordar tudo que tinha nome cujo nome ele não escrevia. Até podia dizer o nome disso é isso e aquilo é isto, e isto é isso, mas escrever o nome conhecido das coisas que ele não sabia outras, o Avô não conseguia. A Mãe, a minha, rasgava desamparada a tentativa de riscar o chão de qualquer lugar, parede da casa, mesa, folha de caderno sujo, o próprio corpo, a morte da esposa. Assobiava um canto seu sem palavra. O som partido ecoava nas aberturas da casa que não parava de se calar. E o nome das coisas conhecidas, que eram outras a seu ver, perdia-se em seus olhos enferrujados, que giravam em estalos demolidos, soterrados pelo mundo apreendido e impossível de ser feito tijolo, argamassa, pó, muro, teto, com a palavra escrita. Os sentidos do Avô, o meu, enchiam a morada desolada dos sonhos que nunca se faziam presentes.

Era tudo futuro dentro do Avô: *amanhã aprendo a ler e salvo a casa. Amanhã a casa cresce, depois do fim. Amanhã a casa começa a terminar e não para mais. Amanhã as filhas calam a boca das feridas e se escondem na perdição desse lugar. Amanhã a morte da mulher acaba, de uma vez, amanhã a casa termina de começar, e a gente sobrevive.* E assobiava para despertar o tempo insano do fim que se repetia implacável e sem pressa.

O Avô dizia que o nascimento das plantas morava na raiz. *A flor é só a janela que areja o começo das cores que a planta nem sabe suas.* Ele arrancava o nascimento das plantas dispostas no quintal, *o nome não importa, só sei que elas salvam.* Ele apalpava as cores e dizia para que servem, entendia que queimavam as doenças, e mordiscava as bordas do cheiro e cantava *Esta salva, esta mata. Elas acordam um pedaço da alma da pessoa, que tá escondida num canto do corpo desconhecido, tão secreto que parece um pedaço morto.* Tem uma mulher que quase perdeu o filho para a morte, e o nascimento da planta estourou e fez rolar para fora. E tem a história do homem fugido, e a história da mulher, outro homem desaparecido, e outra mulher, e mais uma mulher, e mais uma mulher, outra mulher, outra mulher, outra mulher, e outra, e outra, e outra, mais uma que batia à porta sem chave da casa adormecida, os olhos da madrugada cerrados, e elas diziam *Ajuda, me ajuda, está sangrando de novo, foi outro homem que abriu, não o pai que deixou semente para brotar no meu cansaço, e outro homem, e mais outro homem, e outro, e outro, e outro, e arrancaram o vestido surrado de sol e casa, morderam as fugas da pele, as pernas corridas para dentro do quarto, empurrando a porta para que a raiva não abrisse meu coração e ferisse o resto de mim que escondi, e outro homem, e outro homem, e mais outro, quase todo dia, e eles enfiaram uma entrega devastada entre minhas pernas e sugaram os excessos de dor que se alastravam pelos corredores da casa, do corpo, da vida, o nosso, a nossa.* Outro homem, quase todo dia. *E está doendo e o senhor precisa me salvar. Não quero deixar nascer a vida crescer e ter um nome que pesa dentro de mim.* E outra mulher, e mais outra, e as casas gritavam por ajuda. E o Avô acordava todas as noites que habitavam seus cuidados. Se a Filha Mais Velha tivesse pedido ajuda, a Mãe, a minha. Se a esposa tivesse pedido ajuda, a Avó, a minha. Se as Filhas Mais Novas tivessem pedido ajuda, as Tias, as minhas, suas filhas, sua esposa, outra mulher, outra mulher, e outra mulher, e mais outra. Entra, o Avô assobiava. *Vou buscar o nascimento da planta para te salvar.*

A Avó enxergava vida brotando e murchando nas mulheres que se assentavam à sua frente. Ela lia o horizonte dos corpos das mulheres, abertos em fissuras crepusculares, pores-de-sois antigos e incansáveis que não caíam completamente dentro da noite mais próxima por medo de que a escuridão se apossasse do tempo que desertava e possuísse a vida que o corpo cansava, engolisse o destino que as mulheres desistiam. A noite da cidade era um aglomerado macilento dos golpes manchados que gritavam na pele das mulheres e suas casas, e avançava para a segunda camada da pele, aquele tecido abaixo da alegria carcomida, e aprofundava nas camadas seguintes de choro contido, trancado no banheiro que guardava as resistências da dor, e mais fundo, mastigava a nitidez dos ossos, no miolo dos passos e fugas sabotadas. A Avó enxergava o tutano do desespero eriçado das mulheres prostradas à sua frente, escapadas num choro deserto, de tempo seco, galhos e folhas de vigor escondido, murchas, e queriam devastar a raiz do sacrifício.

Não posso ler a morte do teu corpo, mulher, a Avó dizia. Tateava com as rugas das linhas dos dedos os esconderijos prevenidos das mulheres, e ficava, um tempo maior que sua esperança, soletrando suas chances de liberdade. Uma a uma, semana a semana. As linhas da mão da Avó guardavam palavras que não se sustentavam fora do corpo. Eu, menino, tentava lê-las, e ela dizia *É muito entendimento para tua mão catar e riscar, filho.* Ela me chamava de filho, acho que eu trazia todas, todas as palavras da morte do seu filho morto e todas, todas as ressurreições áridas que a sua fé compungida trancava em sua bondade.

A Avó lia o choro das mulheres, atentava para os caminhos da dor libertos nas lágrimas corridas, que escorriam a cor desbotada dos olhos, limpavam a poeira das vistas, e avançavam pelo rosto trincado de silêncio. O caminho das lágrimas rasgava a liberdade devastada das mulheres, nos corpos aos cacos, caindo tijolos, telhas, e o céu despencado. Os olhos da Avó vidrados no início, e vibrando depois um inquieto movimento de rodopios e raiva. As lágrimas secas aprisionavam caminhos no corpo. *Para onde escapar se a fuga está no corpo, mulher?* Ela lia as oportunidades capengas das mulheres, incluindo as filhas, a mais velha, a mais nova, a seca e a puta.

Ela lia os sons fugidos que rompiam os cômodos abarrotados de passado das mulheres prostradas à sua frente.

Vó, hoje eu aprendi a escrever oito letras. Vó, hoje eu aprendi dezoito letras. Vó, se eu juntar todas as letras aprendidas, consigo ler a morte dos outros como tu?

Vó, soletra morrer pra mim.

E ela dizia: *Uma mulher perdida nos caminhos trançados pela dor, no corpo, é assim a palavra que soca a pele e arranca a fuga; outra mulher defuntando os filhos de pais sem nome que engoliram seus gritos com a boca afiada e o punho surrando o crescimento do amor bondoso; outra mulher pedindo socorro com todas as camadas do corpo soterrados nas casas que não as pertencem, e os homens gritando a casa é minha, o corpo, o teu, é meu, abre os vãos dessa morada que não te pertence que vou cavar alicerce até tu aprender quem é que manda. É assim. E só resta morar nas fugas impossíveis cansadas de tanto não existirem.*

A caligrafia dos silêncios trancados a punho e socos, portas fechadas e paredes feridas, céu engolindo teto de sorriso desdentado, ocupava o tempo da Avó, enquanto a panela de ferro fervia os gritos da fome, e as mulheres, uma a uma, semana a semana, prostravam-se desesperadas à sua frente, gritando: *Diz pra mim o que a dor quer me dizer.*

Foi assim que a Mãe, a minha, descobriu que carregava um filho da puta que ela era, e que não queria ser, que diziam a ela *Tu é uma puta, mulher com filho de pai ausente*. Foi assim que a Mãe, a minha, descobriu-se habitando as dores corridas em seu sangue, os caminhos envergonhados que nunca me levaram para longe da Mãe, a minha, percorrendo os vãos da casa, as paredes em chagas, e os esconderijos do corpo todos trancados, e apenas um deles, o impossível de tão apertado, fez-se lar para a criança que eu era. Alicercei um choro revoluto quando a minha boca era a tristeza da Mãe, a minha. A Avó, mãe da Mãe, as minhas, dizia *Essa criança, se for menina, vai ser tu*. E a Mãe, a minha, socava a barriga, aterrando o escuro do desespero cada vez mais fundo, cavava a fundura da morte, do escape, no próprio corpo e chorava pelo homem que era meu pai e não sabia ser pai, que era só homem e por isso bastava. *Não pode ser menina*, e mordia as veias dos braços, não pode ser menina, e rasgava as paredes da casa com os gritos, não pode ser menina, não pode ser mulher, e enfiava a amargura inútil de sua renúncia no interior do corpo, *Tira essa coisa de mim, mãe, tira esse nome de mim, tira esse desespero do corpo*. E era menino. E a Mãe, a minha, despertou uma esperança quase em danação, a descida santificada de um deus que tudo protege. A criança, menino, homem, o macho sem nome, salvaria sua desordem amortecida.

Dali a intermináveis oito anos, ela me enxergaria imitando o vermelho feroz de seus gestos, a confidência inescrupulosa dos meus desejos, e ofenderia meu amor por ela, pela primeira vez: *Caminha feito homem, peste. Fala feito homem, seu merda. Sua bicha. Sua bicha, que foi que eu fiz para merecer uma desgraça dessas. Sua bicha. Sua bicha. Meu filho, sua bicha*. Foi a primeira vez que a Mãe, a minha, aprendeu a me matar sem marcar meu corpo.

A lamparina lamentada em sua luz cuspindo fuligem rasgava as feridas da casa cujos cacos espalhavam-se por todas as faltas ecoadas. A morte chorada da Avó traçou todos os desvios em segredos do desespero de seu marido, que com um laço amassando o percurso dos ventos frescos de seus pulmões ressecados de fumo, fumaça e grito.

As faltas não paravam de cair. O céu não cansava de despencar. O ferro de passar da Avó guardava em seu corpo chamas torradas em gritos do carvão aceso, e alguém tentando alisar a superfície das vestes. E a moringa chorava um começo de seca, a falta d'água que não parava de começar nos olhos que cansaram de chorar, na goela rasgada de pó acumulando lamento nos cantos da casa. O pilão trancava o resto de farelos de farinha, lembrança envelhecida das carnes desfiadas pela força da Avó, e as cebolas agredidas em todas as camadas e cascas de seu choro indisposto. O braço da Avó socava a morte do boi e farinha amarelecendo velhice, para matar a fome das filhas, do neto, do marido, para alimentar a falta do filho único. E as gamelas caladas na despensa, o lugar da tristeza da menina mais velha, a filha, a Mãe, a minha; rapadura em lembrança pachorrenta dançava no fundo da gamela, e a força metida a bicho invencível do Avô, o meu, nascia a passagem do doce da cana, enegrecendo, queimando, a fome desesperada com as borbulhadas que abriam seus olhos alegres. E os beiços da filha queimados com o fumegante da colher de pau. E os tachos de alumínio não abraçavam mais as quedas do céu, e suas enxurradas de matar o pecado da casa.

Tudo que tinha a morte da Avó, do Avô, das Tias, machucava a desistência do lar, os objetos ferviam, queimavam, trancavam dentro a infelicidade ulcerada que carregávamos desde o nascimento, todos. Todos nós, eu e a Mãe, a minha, tocávamos a fome e as coisas de casa que perdiam seus nomes, e mantinham as vozes mastigando a ausência da Avó. Os rosários não destravavam a ressurreição tão esperada por nós. As gamelas e tachos repetiam a ladainha da falta, em giros fantasmas cozinhando passado e poeira, o alumínio riscado por golpes de anos e vidas, quando a infância das mulheres da casa aprender a ser servil e cozinhar. O pilão não sustentava a resistência da casa, escorada na tristeza, escorada em roupas e sombras, magras e esfomeadas. As panelas todas cansadas, irritadas e velhas, não sabiam gritar, assobiar seus chiados engordurados que calavam o desespero dos bichos, o cacarejo da tristeza, o fritar do nascimento prestes a cozinhar e servir a fome.

E cada coisa que a Avó possuía, a friagem das mãos cansou de dizer seu nome. As panelas, as gamelas, os tachos diziam a sua falta com um silêncio desdentado, frio, as portas escancaradas do lar que eles ocuparam em nossas barrigas. Panelas, tachos e gamelas não se sabiam abrigos. A morte, a fome, a Avó partida, arruinavam seus nomes.

E as lamparinas diziam a morte da Avó, com nuvens de fuligem apenas na saudade. Não queimavam mais. Não sabiam o próprio nome. As moringas não diziam o próprio nome, esquecidas de si pela tristeza que secava sua utilidade tão tenaz ao longo das vidas da casa. E o lampião calava-se em seu nome de coisa, que não se fazia santo capaz de luz. E assim esqueceu o nome que o tornou fiel às noites calejadas do Avô e da Avó resgatando os corpos feridos das mulheres que os procuravam. E as colheres não aravam o fundo do alumínio dos pratos para arrancar o salgado da fome. E o barro dos potes não enchiam mais nossos goles de terra e a poeira das raízes que caíam dentro de nós, dentro da casa. As colheres, os pratos, os copos, os potes de barros esqueceram seus nomes. Diziam-se coisas nas ruínas da casa, espalhados pelos corredores, amontoados pelos cantos, colunas evisceradas de um espaço que perdeu sentidos. *Vó? Vô? É casa ainda?*

Panelaspratoscopospotesdebarrofornodebarrotigelasgamelasvlamparinavslampiãocolheres não se sabiam coisas que se perderam nas ruínas na morte dos Avós, os meus. Coisascoisascoisascoisascoisascoisascoisascoisascoisascoisasacoisasamortedaavóafaltadoavôcoisascoisascoisascoisascoisascoisascoisas. Elas perderam os nomes nas ruínas empoeiradas da casa. As coisas morreram seus nomes depois que a mulher parou de mexer no nascimento no jeito que elas tinham de coisas a nossa fome, na coisa que elas sabiam matar a fome das filhas, da Avó, a minha. Os nomes demolidos da coisa que morava na gente, em cada um de nós.

Vó, como é o nome daquela coisa que mata desde o primeiro dia da gente?

As coisas terminavam o sentido da casa quando não sabiam o próprio nome.

Como é que a casa pode caber inteira num nome?

A Mãe, a minha, catava os despedaçamentos da morte dos pais, os Avós, os meus. Ela saía por dentro das entranhas da casa, numa pressa lamentosa, choro escondido no cansaço das pernas, e nos calos dos olhos que enxergavam o corpo da mãe, a sua, entregue a um monte de merda e fraqueza, e o corpo do pai retorcido em giros coados no galho da goiabeira, uma dança agourada sobre o fim das coisas sem nome. Porque ela não conseguia mais dizer foi meu pai que morreu e minha mãe e não sei dizer o que se acabou primeiro, quem desistiu pela primeira vez, eu não sei dizer como é que eles começaram a viver tão quietos dentro das feridas da casa, a casa deles, dentro da gente, e o diabo nos golpes dessas irmãs, as Tias, mordendo todo dia minhas fugas, dos calcanhares aos sonhos. Não conseguia dizer o que acabou primeiro na Mãe, se foi o jeito de enterrar seus caminhos ou sua falta de palavras para acabar comigo de vez, para terminar com o fim da casa.

As cabras, duas, mais magras que a morte, arrancadas do mundo pela fome, espreitavam os gemidos mastigados do mato seco, cansado, tagaralento no clamor das palhas secas do canavial de oito pés de canas, no milharal de dois pés de milho. As cabras berravam uma causa gasta, dentro de casa. Seus cascos riscavam todos os caminhos abertos na superfície do deserto do chão, e soavam toques de quem chama à porta de uma morada prestes a acolher visitas desconhecidas, toctoctoctoccrectoctoctoc e chutavam os cacos do céu despencado, entreolhavam suas fomes de costelas nuas e couro grosso e pareciam rir e relinchavam como os cavalos que passavam mudos pela estrada. Eu não sabia se era relincho ou era o jeito trôpego que elas tinham de espiar a morte que morava na casa.

Vô, qual o nome do barulho que a cabra faz quando tá com fome e invade a casa e não encontra nada para comer e parece que tá chorando e não te encontra com as mãos cheias de espigas de milho seco?

Eu olhava de longe, num canto da asa. As cabras ficavam a uma corrida ligeira de distância e trancavam os berros nos olhos esbugalhados. Mastigavam as ruínas da casa. Elas enchiam as bocas dos cacos despencados e giravam as mandíbulas, crecrecrec. Entreolhavam as fomes e pareciam rir, ou era medo amarrado às rédeas da cautela, que o Avô ensinou aos bichos que dentro de casa tem que entrar com casco manso e pedir licença, por favor, obrigado, pois entravam ensaiando fugir, entravam ensaiando matar a magreza, entravam, casco mansinho. E não tinha a voz raspada a casca grossa da vida do Avô, que não tangia as bichas para fora, rindo e me pondo para comer atrás delas.

Elas chegaram perto do canto que me abrigava exposto. Farejaram a semelhança do tremor do corpo, a pele toda magra. A Mãe, a minha, escondida nos corredores, tão rápida que andava de cá para lá que nem me via, nem as cabras, nem se enxergava. Imitava a velocidade do tempo para parecer mentira. As cabras lamberam o canto primeiro, depois de me empurrarem para fora. Aconchegaram-se no montinho de areia que minha esquiva silenciada foi juntando aos pouquinhos toda hora que eu chorava, descia terra dos olhos, porque a morte dos Avós, os meus, secou tudo no corpo. As cabras enroscavam-se na falta da mão do Avô, lotada de milho e mato, dobraram magreza e couro uma sobre a outra, aconchegaram as cabeças nos estilhaços espalhados da casa e dormiram. Eu enlaçava as mãos ao redor das pernas esperando a Mãe terminar de nunca acabar de limpar, arrumar, reconstituir a casa. As cabras iam fechando o cansaço da fome, do corpo, as bocas espumando um desespero branco, sujo, calmo. Entraram nas ruínas da casa só pra morrer.

Vó, tem coisa que não tem nome? Tem alguma coisa no mundo que não tem nome, e que não morre, que não começa o fim dentro da gente? E se teu nome acaba aos pouquinhos dentro da casa, nas beiradas do fim da casa?

A Avó coisa coisa coisa não sei mais o que aquela coisa   coisa coisa as minhas coisa coisa a Mãe os meus a minhas

c o i s a   c o i s a   c o i s a   c o i s a   c o i s a   c o i s a   c o i s a   c o i s a   c o i s a

As Tias coisa   coisa   coisa   coisa   coisa   coisa   coisa

A minha o meu coisa coisa coisa coisa o Avô as minhas

O Avó coisa coisa coisa   coisa   coisa   coisa   coisa   coisa   coisa   coisa   coisa   coisa   coisa   coisa coisa

Ruínas   meu minhas   A Avó   A Mãe

Tias coisa   coisa   coisa   coisa   coisa   coisa   coisa

coisa   coisa   coisa   coisa   coisa   coisa   coisa   coisa   coisa   coisa   coisa

O Avô coisa coisa coisa   coisa coisa

E as ruínas repetindo-se nos ecos feridos   um monte de coisa   A Mãe   A Avó As Tias

A Mãe   coisa   coisa   coisa   coisa   coisa   coisa   coisa   coisa   coisa   coisa   coisa   coisa   coisa   O Avô

As Tias coisa   coisa   coisa   coisa Mãe as minhas o meu   coisa   coisa   coisa   coisa

O filho morto e as coisas da casa as minhas o meu coisa coisa coisa coisa   coisa coisa destroços

A casa entupida de falta escapando pelas janelas e portas, desarvorando os gritos ecoados das mortes descascando a vontade da casa de continuar em pé, afundando a vontade da casa de ser família, abrindo mais e mais e mais feridas. O menino não está só. O menino está em casa.

O recato infeliz da cidade não dizia qualquer coisa sobre a casa reduzindo-se a pó. No longo pescoço grosso da única rua, dispunham-se as alegrias servis das casas, as outras, duas, três, quatro, cinco, seis, sete, oito, nove, dez, onze, doze, treze, até vinte e oito casas serenas na sua cegueira riscada de sacrifícios e sangue nos olhos, indecifráveis na quietude de animais prestes ao abate, preste à carne morta cozinhada pela fome, falta e partidas, quando todos os homens diziam *Agora é hora de ir e não saber voltar*, e aqueles que ficam diziam *Cala a boca e chupa, abra as pernas, varra a casa*, e engolem também os filhos com dureza da braveza impassível e as filhas, eles desertam com os dedos, com as línguas, injetando filho, filha, filho, filha, filho, filha, filho, filha, filho, filha até o recato infeliz da idade com seu pescoço comprido e altivo ter em suas entranhas vinte e nove casas, trinta, trinta e uma, trinta e duas, trinta e três... até a cidade nunca deixar de ser uma demolição das famílias derrotadas.

Mãe, quem é o pai, aquele?

A Mãe falava assim sobre o pai, aquele: ele é pó, sangue, frieira, caxumba, febre, bicho de pé, enxurrada, enchente, seca, gado morto, e fome, dedo pesado na ferida melada de mais doença, espiga de milho e cheia de bicho, cana de açúcar seca e morta, unha encravada, lodaçal de rio afogando a morte dos peixes, procissão do santo com a fé toda morta e o corpo do cristo todo nu e as pessoas rindo, xingando, apedrejando a mulher que era puta e tinha um filho com o homem que ele devia ser morto no corpo, e sangue, quarto escuro, e canto cheio de pó, perda, febre, grito, e soco na barriga para a criança morrer, e mordida de arrancar os dentes nas cascas de raiz amarga até o nascimento da planta acabar com o menino, e sangue, grito e pó, e chagas escorrendo do corpo da mulher que era puta, e fome, a velhice enrugando o tempo dos pais, dos avós, que se amarravam numa confusão de amor e raiva, e a velhice enrugando a casa calejada, capenga, e sangue, ruína. É isso que é teu pai, filho.

Todo pedaço da casa que caía era pergunta. Os cacos virgulando o desentendimento das coisas, a morte. Os cacos perguntavam ao tempo quando aquilo ia acabar, ao chão. Os pedaços do céu da casa repetindo-se na contação da história que começou desde o primeiro dia até a última partida.

Quem parte primeiro, quem abre o corpo para a morte entrar, quem fecha a porta da casa pra vida fugir?

E cada caco era um modo velho de ser ruína, cada pedaço do teto despencado acordava o tempo exausto da casa, habitada pela morte dos Avós, os meus, as fúrias das Tias, as minhas, a ausência escancarada da Mãe, a minha, que corria lenta e soluçante ao redor dos desmoronamentos de seu desespero, virgulando as quedas, reticente, final, coisa sem rumo, nem sei se saberia dizer meu nome. Eu gritava calado, esbarrava minha tristeza nas panelas transbordadas de fome:

Mãe, como é meu nome?

É filho, menino, teu nome é filho. Tu é filho, neto, sobrinho. Teu nome é homem, e vai salvar esta casa.

Quantos anos caíram com as ruínas da casa?

Foram coisas as mortes da Avó, a contar a primeira morte a cobrir-lhe de tristeza e fé, assim que o único filho homem abriu-se ao meio na memória, e era morte e preguiça em todas as filhas que vieram. *Elas não são como ele, não são como ele, não são meu filho. Pari outro filho para mim que eu desertei o interior do corpo, apodreci a esperança da alma escondida nas entranhas.* Eu sei quantos anos caíram com os estilhaços da casa. Foram coisas as vezes que a Mãe tentou sair pela cidade e pedir ajuda Me salva, mas todas as mulheres tinham, naquele dia, saído à rua para pedir socorro, salva a gente, e às vezes puídas amarrotadas dentro do corpo encontraram-se no coração da cidade, a praça onde o pau do santo hasteava uma bandeira de bênçãos cegas, estava cravado. Lá, as mulheres confundiam-se e dentro dos olhos vivos erguiam-se as primeiras pedras atiradas para ferir sua fuga desesperada *Ela é puta, tem filho de pai sem nome, Olha a puta, tem filho de pai sem nome, Olha.* E reconheceram-se, como se paridas, paredes da mesma casa doente de tantos anos que nunca passam.

Quando a noite invadia as enfastiadas quedas da casa, as sombras de mil anos que rondavam o tempo faziam-se pó entre nós. Nossos pés arrastavam a terra rachada daquelas noites, as unhas cravadas nas sombras sujas, restos alucinados espalhados. Eu carregava a noite fria na sujeita das unhas, e caminhava pesado para fora das mil quedas que não cansavam de acontecer. E aconteciam, todos os dias. Nós, ali, naqueles dias que avançavam e tropeçavam nos ecos do passado, éramos só eu e a Mãe, a minha, e aquelas crianças todas e as mães e as casas vizinhas, e a estrada esticada até não sabíamos onde.

Eu sabia do tempo pelo estalar das chagas que continuavam a escorrer pelos tamanhos vencidos da casa que nunca parou de começar no ventre das mulheres da cidade espreguiçadas alertas na fúria implacável. *Se os homens não voltam, a gente se vira. A gente vira esse monte de criança do avesso e inventa outra estrada, conta a mesma história.* Mas a gente se vira.

Essa casa não tem fim não, menino?

O meu último dia no ventre da casa, e eu só queria saber se ela não tinha fim.

Eu tinha dificuldade de me mover após qualquer desistência. Resgatei nos cacos da memória um primeiro estupor.

Oito anos ensinavam aos meus dias como perder os pés dos caminhos que ninguém ensinava. Eu não tinha nada mais e aquela infância me possuía. Estava há tantas mortes sem ver a Mãe, a minha. A casa apinhada de falta: os Avós, os meus, ocupados com a fome da terra, mortos; as Tias, as minhas, ocupadas com arar a raiva daninha que alcança os lugares mais fundos dos quartos, fantasmas. Repudiava a vizinhança inquieta, de ruminações cansativas e esbravejantes. Eu vivia nas beiradas dos pratos vazios, e a Mãe tentava me alimentar com seus clamores desamparados, além de ensinar palavra para um grupo de outras crianças que pouco se interessavam por palavras.

Quando me vi sozinho, uma única vez, pensei que aquilo, todo aquele espaço, o silêncio, cada um dos poucos móveis em seu lugar, sonolentos e inertes, o som dos cachorros, latidos rasgando a noite, pensei que aquilo fosse liberdade. Nunca pude decidir algo por mim. As poucas roupas elegidas ainda sumiam, pelo rigor das preferências alusivas da aceitação que a Mãe mantinha em casa. Algo ignorado e sóbrio que adormecia meu interesse pelo mundo acordou, moveu-se para a superfície da pele e fugiu, gotejando no chão escorregadio da minha infância.

Eu não podia usufruir de nenhuma liberdade, por mais temporária que fosse; qualquer escolha seria condenável. Ela poderia voltar a qualquer momento. Na verdade, eu tinha a certeza, mágica e talvez ridícula, de que ela voltaria. Uma voz esbugalhada de olhos desprendidos dizia-me para contar o que eu era.

A Mãe só estava cansada, como sempre. Ou talvez tudo estivesse mesmo fora de controle e ela estivesse apenas pretendendo que eu me submetesse a um prematuro exercício de autonomia aos oito anos. Então comecei a destroçar a bagunça gemida na casa, o que sobrou das mortes. Limpei os murmúrios da casa, gritando Xô bando de cão, e as faltas mantinham-se áridas secando a garganta, desertando os olhos que nasciam no estômago e só viam fome e fúria. Eu tinha oito anos, e era homem.

Minha palavra desencarnava dos gritos da casa. Conseguia pela primeira vez dizer *Eu*, Eu nunca tive o cuidado adulto e cru necessário para deixar uma casa incorruptível para visitas, mas sabia onde colocar todas as sujeiras amontoadas nos caminhos que a Mãe, a minha, espalhava; eu sabia exatamente o que fazer com os lençóis queimados no tanque de lavar, não foi impossível ou árduo separar as roupas limpas, as minhas, que estavam completamente despedaçadas no quarto. O guarda-roupa velho estava intacto, nada fora do lugar. Um aviso de que tudo poderia ser adequado e quieto, dentro daquela vida, da qual, provavelmente, eu poderia não fazer mais parte. Só não consegui colar os cacos dos vidros espalhados pela sala, da janela quebrada, depois de gritar que não aguentava mais viver daquele jeito: dinheiro seco sem poder de compra naquela terra, um filho estranho, viado. Quase fome, alguma, dinheiro seco, um filho estranho, bicha. *E teu pai que não volta. Teu pai que nunca esteve aqui. Tu aprendeu a ser assim como ele, um diabo?*

Eu andava da porta da entrada até o único quarto. Ali, sozinho, percebi o quanto aquela casa parecia um labirinto. A solidão, o abandono, a incompreensão destemida ampliavam de modo exaustivo o que eu sentia. Eu tinha outra voz, partida, um ensaio de estrada e pó atravessado na garganta. Uma casa mirrada e ferida como aquela nunca seria uma saída. Era no peito que as coisas se perdiam; dentro residiam os obstáculos.

Não tínhamos mais espelhos; não sabia se parecia alguém que acabara de ser deixado para trás. Meus anos crescidos sabiam uma mágoa maior que o céu que despencava a cada lembrança. Preocupava-me o regresso materno. O calor da dúvida evaporava o imenso rio que se concentrava nos arredores dos olhos, vergando a delicadeza das dores comovidas ao vento. Se eu chorasse, começaria a afundar?

Muitos dias correram pelo corpo, o meu. A voz furibunda nos seus arremedos de desejo e partida clamavam a dúvida da ausência da Mãe, a minha.

Muitas mortes depois, ela sumiu.

Prometia-me: *Se ela voltar, nunca mais encostarei nas beiradas de homem algum, nunca mais direi Não a ela; se ela voltar, sacrificarei minhas punhetas noturnas, jogarei fora as revistas de nus que não sei ler, que os meninos que não moram na cidade trazem dentro de suas mochilas coloridas e seus carros barulhentos; se ela voltar, aceitarei nunca mais ter ninguém que me abrace como ela. Se ela voltar, jurei não receber mais amor algum.*

A espera manchava meu corpo.

Guardava a esperança em um lugar da memória inadequadamente apertado, na vida bendita dos Avós. As recordações queimaram-se em nódoas incautas que com o voejar do tempo tornaram-se invisíveis ao olho que se veste de alguma nudez. Quando pensava que a Mãe podia estar morta, em algum lugar da cidade, jogada ao relento, realizando seu pior pesadelo, uma sombra robusta e pesada, escondida há anos, resolvia revelar-se e apoderar-se da minha vontade. Deixava-me entregue, tornando-me manipulável, choroso, um tolo choramingando a dor do que era irremediável.

A sombra mordia meu corpo e deixava o veneno da falta escorrer para dentro. Masturbava-me tentando colocar para fora do corpo a mancha cintilada que me contaminava.

Uma, duas, três, quatro vezes. Ia e voltava sozinho para a escola, se havia aula. Não sabíamos escapar dos caminhos que não estavam escritos. Lembrava-me das provas de matemática. Os gritos da professora, toda ela suja de giz e terra. Todas elas, as provas, e a professora que vinha de longe, me deixavam alvoraçado de desespero, nunca satisfação. *Burro, burro, burro, bicha, bicha, bicha.* Chupando o pau dos meninos, levando zero, levando no rabo. *A gente sabe que tu gosta. Tudo segredo. Ninguém vai saber, e tu vai ficar calado, quietinho. Bicha* burra.

Mãe, não sei o que acontece, hoje eu não aprendi nada na escola. E essa mancha aqui ó, tá vendo? Dói muito. Mas não sei contar todas essas dores, mãe. Bicha e burra.

Mãe?

Uma inquietação latente agitava minhas pernas e deixava meus dentes afiados para os dedos da mão. Lia minhas letras incompletas num caderno imundo, durante quatro, cinco horas numa manhã, e não aprendia nada. Não sei escrever meu nome, Mãe. Escorria em choro, inventando saída. *Não sei escrever meu nome.* Burro, burro, burro, a mão varando as ideias atazanadas que me escapavam, socos nervosos cavavam o centro da cabeça para arrancar meu desentendimento, arrancar um por um os caminhos. E no final das contas, trancava-me no banheiro para expulsar a perturbação matreira e visguenta que tentava se apoderar da minha concentração. Depois eu dormia, ou desmaiava. Os olhos calados nas saídas do corpo.

Naquele dia, acordei com uma sinfonia crescente de panelas e talheres agitando-se nos destroços das fomes que descansavam na cozinha. Ali, a casa limpa e faiscante, ainda o início. A Mãe varreu a morte dos pais, os seus, os Avós, os meus. Uma luz renovada imitava a alegria do céu que parou de despencar.

Ela tinha armado todos os utensílios restantes do desastre anterior em cima da mesa. Inteira, satisfeita. A imagem de uma mulher pintalgada de hematomas escuros e emporcalhada foi desvanecendo-se à medida que eu compreendia que o concerto apresentado naquela manhã, além do som metálico e seco das panelas, era controlado por uma voz plácida: ela entoava uma música gemida com a garganta, sem palavras, boca cerrada por um sorriso pontilhado, esperando que eu o completasse, como as tarefas da escola. Os cabelos armados em guerra contra o teto escuro das fuligens que a morte da Avó, a minha, empesteou. Parecia que ela tinha matado, a sangue frio, um desses homens da cidade que vai e não volta mais, como se tivesse estrangulado prazerosa e lenta o homem dono da cidade. Ela sempre soube muito bem como acabar com a vida de alguém.

Olá, olá, olá! Dormiu bem, filho?

Adotei o silêncio calculado, imediato, num estalo de sabedoria. Também sei premeditar. Eu queria mesmo era gritar-lhe desajustes, sujar sua imagem morta com nomes carregados como PUTAMALUCAESCROTAVAGABUNDAFODIDA.

Ela estava ali, santificada, ressurgida da chantagem cretina, ofertando um café da manhã purificado e vivo: dois ovos mortos estatelados sobre o corpo escorrido de uma galinha apodrecendo de passado e dor.

Não tinha mais raiva em nós. Um remorso lamuriento ocupou minhas ideias: eu nunca seria capaz de cumprir com as promessas da noite anterior.

Tive uma certeza naquele exato segundo: ela fugiria novamente, e dessa vez não voltaria nunca mais.

Foi assim que ela morreu pela última vez.

A Mãe não conseguia escapar da casa, as portas e janelas escancaradas, e elas gritavam para eu voltar *Volta, menino*, e seus dentes e portas tentavam rasgar a carne ferida do céu para escalpelar os milagres que nos abandonaram impiedosas, e ela, a Mãe, a casa, tentava arrancar de si desmoronamentos ardentes que a assolavam desde sempre, que as consumiam, que as soterravam, usava as unhas de bicho, escuras e ferinas, desenhava no corpo mapas impossíveis de dor, inventava marcas inalteráveis de sangue e terra; buscava extrair o sumo das quedas que impregnavam sua estrutura de mulher que nunca quis ser mãe, de casa que nunca quis ter fim.

Enfiei os passos na estrada que se alongava para um adiante difuso e inclemente. Havia santidade na fome que destruía nossos modos de alegria e sanidade, havia piedade no caminhar litúrgico que ecoava em gritos e súplicas através dos meus pés trepidantes. As crianças e suas casas franzinas e seus corpos famélicos e seus olhos estagnados num além de si observavam paralisados meus passos firmes. Cada criança e uma lata d'água transbordante sobre a cabeça, em seus arremedos de mar e tempestade vibrantes no alumínio e na imundície do rio e seu pedaço arrancado acercavam-se à beira da estrada a me ver caminhar, inalterável, luminoso, um milagre, a perdição do futuro ou da infância. Elas choravam.

Quando uma chuva assombrosa rasgou seus danosos olhos pela última vez, as crianças não sabiam o que dizer a suas mães, nas casas destroçadas, só gemiam: *Ele desapareceu como um segredo atrás da chuva, mãe.*

Ao caminhar pela estrada, a saída da cidade, comprida que não alcançava a morte dos Avós, os meus, não sabia se o fundo e a dor eram também nascimento.

Ele desapareceu além da estrada, feito milagre, mãe. As crianças gritavam.

Mãe, morar é um jeito de doer?

A estrada é mais comprida que todas as quedas da casa. Vai além das fraturas abertas desencontradas no correr do tempo que dissolveu as paredes sufocadas e seus cômodos, os pós-tossidos acumulados nas juntas dos cantos. Agora, o vento arrasta lascas de calor pelos cacos incansáveis em seus modos de ferir os pés ausentes. O vento não assola imprudente a quietude gemida das portas, não arrebenta os sons da partida e expulsa o silêncio antigo que morava conosco. O vento tem medo de assentar-se visitante na casa que é inteira partida, e não fica, corre apressado arrastando as lembranças fundas e amontoadas pelo chão.

A casa ferida ainda deixa a noite invadir suas quedas.

E nunca mais para de terminar.

Uma casa não termina tão cedo dentro da gente.

Aos que assentaram afetos e cruzaram-me travessias:
Mãe, Avós, Janna Érica, Adriana Ribeiro,
Aline Cardoso, Kátia Simone, Andrea Marques,
Tatiana Cetertich, Marcelo Maluf, Cristina Judar.
Obrigado!

Este livro foi composto em Goudy Old Style no papel
Pólen Soft para a Editora Moinhos enquanto *Soul Man*
era cantado por Sam & Dave via smartphone.

*

Era setembro de 2021.
Mais uma vez, o presidente do Brasil ameaçava a democracia.